AMY HELMES UND MEG LEDER

Von eitlen Pfauen und albernen Gockeln

Buch

Ob Sie die Schluchten der Großstadt durchwandern oder windgepeitschte Ebenen und tiefe Gebirgstäler: Sie werden einer der am häufigsten auftretenden und doch noch immer geheimnisumwitterten Spezies begegnen, die Mutter Natur je geschaffen hat. Ein neues Exemplar im undurchdringlichen Dschungel des Lebens zu entdecken, ist meist ein Moment ungekrönter Freude.
Die Rede ist natürlich von dem Mann. Angesichts eines unermesslich breiten Spektrums dieser Spezies führt der Versuch, diese anthropologische Vielfalt verstehen zu wollen, in der Regel zu Irritationen für selbst die furchtloseste Männerkundlerin. Aber eigentlich ist es ja kein Geheimnis und jede Frau ahnt es: Männer sind wie Vögel – zumindest was ihr Paarungs- und Nistverhalten angeht (und ihr Federkleid!). Aber manchmal kann es schwer sein, ein preiswürdiges Exemplar vom faulen Ei zu unterscheiden. Hatten Sie schon mal Sex mit einem albernen Gockel, lebten Tür an Tür mit einem eitlen Pfau, verliebten sich unglücklich in einen freiheitssuchenden Adler und verehrten einen Dodo?
Ihnen allen bietet dieses illustrierte Nachschlagewerk ein männliches Klassifikationssystem, das in zahllosen Stunden der Beobachtung, Befragung und anderer Feldforschungsfreuden entstand. Ganz gleich, ob Sie auf der Jagd nach dem Partner fürs Leben sind, oder den Mann nur als perfekten Zeitvertreib verstehen, »Von eitlen Pfauen und albernen Gockeln« liefert Ihnen alles an die Hand, um dieses einmalige Naturrätsel zu identifizieren und sogar sein Verhalten vorhersagen zu können. Mit diesem praktischen Handbuch werden Ihre Männerkunde-Tage um einiges einfacher.
Good luck und viel Erfolg bei der Hege und Pflege!

Autorinnen

Amy Helmes ist Redakteurin bei der Fernsehzeitschrift »Soaps in Depth«. Außerdem erscheinen ihre Artikel über das Leben, das Fernsehen und andere Katastrophen auch in Zeitungen wie »TV-Guide«, »Teen Style« und »The Oxygen Network«. Amy Helmes nistet derzeit in Los Angeles.

Meg Leder ist Korrektorin für verschiedene Fachzeitschriften und Fachverlage in New York City. Bekannt wurde sie vor allem durch ihr viel gelobtes Nachschlagewerk »The Handbook of Novel Writing«. Meg Leder hat seit neuestem ihren Horst in Brooklyn, NY.

Amy Helmes
und Meg Leder

Von eitlen Pfauen und albernen Gockeln

Das kleine Handbuch für die Männerkundlerin

Mit Illustrationen
von Scott Thigpen

Deutsch von Leo Strohm

blanvalet

Die amerikanische Originalausgabe erschien 2005 unter dem Titel
»Boys of a Feather. A Field Guide to the North American Males«
bei Perigree Book, The Berkley Publishing Group,
Penguin Group (USA) Inc., New York.

Umwelthinweis:
Alle bedruckten Materialien dieses Taschenbuches
sind chlorfrei und umweltschonend.

1. Auflage
Deutsche Erstveröffentlichung April 2007 bei Blanvalet,
einem Unternehmen der Verlagsgruppe Random House GmbH, München.

Umschlaggestaltung: Design Team München
Umschlagillustration: Layla N. Helou/die KLEINERT
MD · Herstellung: Heidrun Nawrot
Satz: Buch-Werkstatt GmbH, Bad Aibling
Druck und Einband: GGP Media GmbH, Pößneck
Printed in Germany
ISBN 978-3-442-36637-8
www.blanvalet-verlag.de

Einleitung

Ob Sie durch Großstadtstraßen streifen, über windumtoste Hochebenen wandern, küstennahe Hügellandschaften erkunden oder zerklüftete Steilhänge erklimmen, irgendwann werden Sie mit an Sicherheit grenzender Wahrscheinlichkeit einem jener außerordentlich geheimnisvollen Geschöpfe begegnen, die in solch großer Zahl unsere Mutter Erde bevölkern. Viele scharen sich zu großen Schwärmen zusammen oder ziehen bis in die entferntesten Winkel unseres schönen Planeten. Andere flattern als Einzelgänger umher oder bauen auf der Suche nach einer Partnerin fürs Leben ein dauerhaftes Nest. Ein solches Geschöpf in freier Wildbahn zu erblicken, kann unaussprechliche Glücksgefühle hervorrufen. Jedoch – zum Teil aufgrund der verwirrenden Vielfalt ihrer Verhaltensmuster, zum Teil auch aufgrund ihrer frappierenden Fähigkeit, immer dann auf und davon zu fliegen, wenn man am wenigsten damit rechnet – bleiben diese Geschöpfe für uns in der Regel ein immerwährendes Mysterium.

Wir sprechen hier, wie könnte es anders sein, vom Menschen-Männchen. Es bietet ein schier unergründliches Spektrum an Gattungen, angefangen beim so gut wie ausgestorbenen Gewissenhaften Hosenkrempler bis hin zum hochfliegenden Karriere-Geiler, so dass selbst die kühnste Männchenbeobachterin beim Versuch, diese enorme anthropologische Vielfalt zu begreifen, Gefahr läuft, verwirrt und verschreckt die Flinte (beziehungsweise das Fernglas) ins Korn zu werfen.

Um dies zu vermeiden, bietet das vorliegende Nachschlagewerk ein Männchen-Klassifizierungs-System, das sich im Verlauf zahlloser Beobachtungsstunden, Interviews und Feldforschungen herauskristallisiert hat. Ob Sie auf der Suche nach einem Gefährten fürs Leben sind oder sich nur gelegentlich oder in der Freizeit mit einem Männchen beschäftigen möchten, dieser Männchen-Führer gibt Ihnen in jedem Fall vielfältige und ausgesprochen hilfreiche Kriterien an die Hand, mit deren Hilfe Sie die Männchen, die Ihren Weg kreuzen, identifizieren, verstehen, ja, sogar deren Verhalten voraussagen können.

Denken Sie nur an den äußerst seltenen und schwer zu fassenden Adler (z.B. John F. Kennedy oder Dr. Brinkmann aus der Schwarzwaldklinik). Während Millionen von Single-Frauen ihre Seele verkaufen (oder, noch schlimmer, die Demütigungen einer TV-Reality-Show über sich ergehen lassen) würden, um ein solch wertvolles Exemplar zu ergattern, haben die wenigsten eine Ahnung, wo er in freier Wildbahn zu finden ist (Ein **Tipp** vorweg: In Etablissements, die das Attribut »Erlebnisgastronomie« tragen, garantiert nicht). Unser Ratgeber verrät Ihnen, was wann, wie und wo zu tun ist, um das Männchen Ihrer Träume zu lokalisieren und in die Falle zu locken, den liebenswerten Wellensittich ebenso wie die schwärmerische, sentimentale Turteltaube.

Allerdings ist es durchaus denkbar, dass Sie im Lauf Ihrer Feldforschungen das eine oder andere »faule Ei« in die Finger bekommen. Manche Männchen besitzen, ähnlich wie die kreischenden, geschnäbelten Rambos in Hitchcocks *Die Vögel*, boshafte Züge (wobei sie sich normalerweise gar nicht erst mit dem Aushacken der Augen aufhalten, sondern sich direkt über das Herz hermachen). Andere Männchengattungen sind weniger grausam als vielmehr dümmlich-süß und belanglos, ähnlich einem klebrigen Gummibärchen. Dieser Ratgeber versorgt Sie mit allen notwendigen Hinweisen zum rechtzeitigen Erkennen all jener Arten, die Ihnen den letzten Nerv rauben oder Sie zu Tode langweilen würden.

Wir haben die Kapitel einheitlich nach bestimmten Klassifizierungskriterien gegliedert, die Ihnen bei Ihren Forschungen als Orientierungspunkte dienen sollen:

Federkleid: Die äußere Erscheinung ist oftmals das erste und einfachste Kriterium zur Identifizierung einer bestimmten Gattung und liefert allgemeine Hinweise auf das Wesen des Männchens. Es stimmt, Kleider machen Leute – aber eben nicht allein. Balzgewohnheiten, Statur, Mienenspiel und Ähnliches spielen eine ebenso große Rolle.

Verhaltensmerkmale: Der Schlüssel zum grundlegenden Verständnis einer bestimmten Gattung liegt in ihrem Verhalten in freier Wildbahn. Diese Kategorie stellt daher die einzigartigen natürlichen Gewohnheiten und angeborenen Instinkte der jeweiligen Männchen-Gattung dar.

Balz: Diese Kategorie ist von besonderem Interesse, wird hier doch beschrieben, wie die behandelten Männchen auf Angehörige des anderen Geschlechts reagieren. Dabei wird auf sämtliche Rituale des Umwerbens, Umschwärmens und der Paarung eingegangen.

Lebensraum: Männchen aller Art schließen sich angeblich oft zu größeren Schwärmen zusammen, aber wo? In diesen Abschnitten erhält die Männchenbeobachterin wichtige Hinweise auf urbane oder geografische Gegebenheiten, die von den Objekten ihrer Begierde bevorzugt aufgesucht werden.

Nistplatz: Egal, ob es sich um ein repräsentatives Schloss oder um ein paar bunt zusammengewürfelte Möbel vom Sperrmüll handelt, das Heim eines Männchens sagt viel über seinen Lebensstil aus. Wir sagen Ihnen, worauf Sie bei einer Besichtigung seines Domizils achten sollten.

Lockmittel: Um überhaupt das Interesse eines Männchens zu wecken, benötigen Sie – bildlich gesprochen – ein paar Brotkrumen. Jede Gattung erfordert unterschiedliche Herangehensweisen. In diesen Abschnitten erfahren Sie, wie Sie seine Blicke mit absoluter Sicherheit auf sich lenken können.

Fluchtverhalten: Da Männchen sehr flinke Wesen sind, bekommen Sie in diesen Abschnitten Hinweise darauf, wie, wann und warum die Vertreter einer bestimmten Gattung die Flügel spreizen und sich aus dem Staub machen, oder auch, wann Sie Ihre Beziehung besser beenden.

Was für ihn spricht: Gut möglich, dass Ihre Suche nach der Gans, die goldene Eier legt, vergeblich bleibt. Sie können sich aber sicher sein, dass jedes Männchen in der großen weiten Welt über Qualitäten verfügt, die Ihre Wertschätzung verdient haben. Sie müssen lediglich dahinterkommen, welche das sind. Dabei möchte Ihnen diese Rubrik unseres kleinen Männchen-Führers behilflich sein.

Angesichts der Anfeindungen, denen sich Charles Darwin für seine Erkenntnisse in Bezug auf die Frage nach der Entstehung des Menschen ausgesetzt sah, müssen wir davon ausgehen, dass auch unser praktisch orientierter Ratgeber Widerspruch provozieren wird. Durch die Kategorisierung einer Vielzahl von Gattungen und Arten wollen wir die Träger des Y-Chromosoms in keiner Weise stigmatisieren, verleumden oder in irgendwelche Schubladen stecken. Es ist durchaus denkbar, dass das, was für die eine wie ein Puter aussieht, in den Augen der anderen ein Paradiesvogel ist. Und während es für die meisten wissenschaftlichen Bemühungen unbedingt erforderlich ist, die eigenen Gefühle zugunsten objektiver Logik und Vernunft zurückzustellen, ist es auf diesem Fachgebiet so gut wie unmöglich, Forschungsdrang und Leidenschaft, Sachlichkeit und Polemik sauber voneinander zu trennen. Es versteht sich von selbst, dass unsere Systematik nichts anderes ist als ein gründlicher – wenn auch nicht fehlerfreier – Versuch, nach objektiven Kriterien aus dem Chaos Ordnung, aus dem Wahnsinn Vernunft, aus Höllen-Trips Heiterkeit entstehen zu lassen.

Wir hoffen, dass dieses Buch Ihnen mit praktischen Ratschlägen über die Männer in Ihrem Leben zur Seite stehen kann und Ihre kommenden Begegnungen dadurch ein wenig erträglicher oder zumindest lustiger werden. Zugegeben, unter Umständen müssen Sie sehr viel Geduld aufbringen und sorgfältige Feldforschungen betreiben, aber glauben Sie uns: Wenn Sie eines Tages im Café um die Ecke oder in der Schlange vor dem KFZ-Zulassungsschalter ein atemberaubendes Männchen-Exemplar entdecken, dann sind Sie garantiert froh, wenn Sie dieses handliche Büchlein bei sich haben, um sich über die nächsten notwendigen Schritte zu informieren. (Vermutlich fassen Sie dann als Erstes den Entschluss, das unhandliche Fernglas, den Safarihut und diese grässliche Khakiweste wegzuwerfen – es gibt wirklich keinen Grund, im Namen der Wissenschaft Modefragen zu vernachlässigen.)

Viel Glück und Waidfrau Heil!

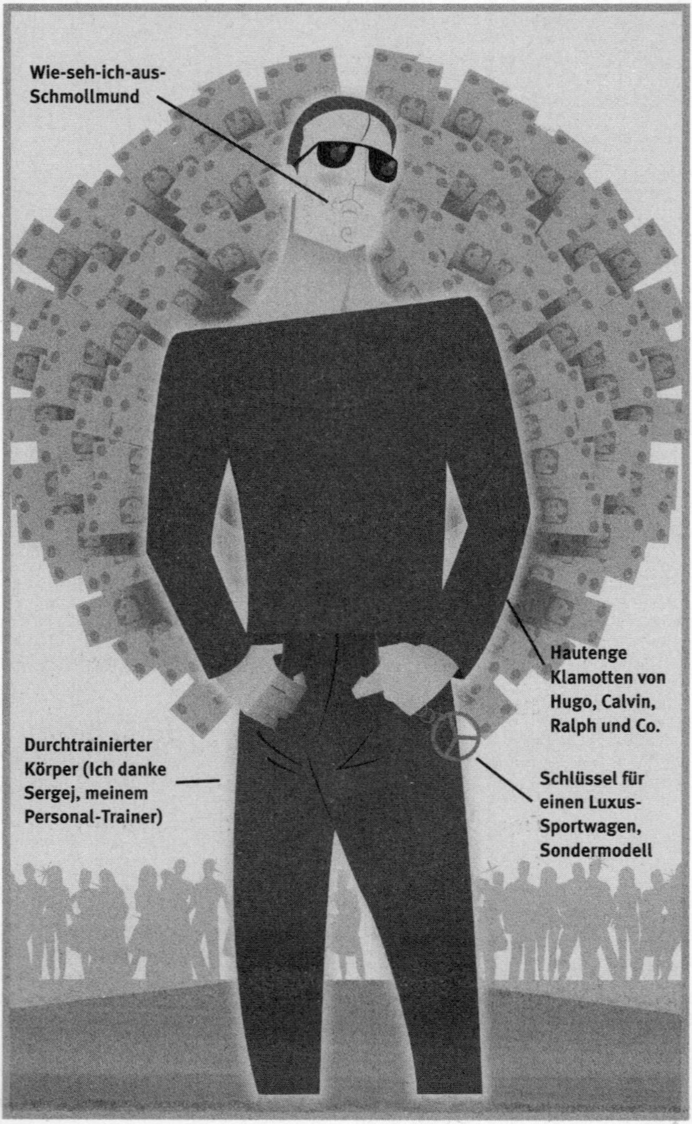
Wie-seh-ich-aus-Schmollmund
Hautenge Klamotten von Hugo, Calvin, Ralph und Co.
Durchtrainierter Körper (Ich danke Sergej, meinem Personal-Trainer)
Schlüssel für einen Luxus-Sportwagen, Sondermodell

Kapitel eins

Der Pfau

Der Pfau schreit hässlich, aber sein Geschrei
Erinnert mich ans himmlische Gefieder;
So ist mir auch sein Schreien nicht zuwider.

aus: Johann Wolfgang von Goethe,
Chinesisch-deutsche Jahres- und Tageszeiten

Denk immer daran, dass die schönsten Dinge im Leben gleichzeitig die nutzlosesten sind – Pfauen und Lilien zum Beispiel.

aus: John Ruskin, *The Stones of Venice*

Der Pfau hat adlig Gewand, diebischen Gang, teuflischen Sang.

Deutsches Sprichwort

Sie haben ihn bestimmt schon einmal mit geschwellter Brust im Zoo umherstolzieren sehen – ein herrliches und buntes Schauspiel aus protzigem Gehabe und zur Schau gestellter Männlichkeit. In der Welt der Vögel tun Pfauen ihre Anwesenheit mit großem Pomp kund. Sie plustern sich auf und verbreiten schillernden Glanz und sind somit die genaue Entsprechung zu der hier behandelten Männchen-Gattung. Pfauen sind praktisch besessen von ihrer äußeren Erscheinung, haben eine Vorliebe für materielle Exzesse und scheinen allein durch ihr Auftreten unentwegt zu brüllen: »Sieh mich an!«. Dadurch sind sie in der Öffentlichkeit sehr leicht zu erkennen. Halten Sie einfach nach Typen Ausschau, die mit (sprichwörtlich!) gespreizten Schwanzfedern durch die Gegend laufen.

Federkleid: So, wie ein echter Pfau mit seinem in allen Regenbogenfarben schillernden Schwanz seinen Auftritt zelebriert, so steht auch das Pfauen-Männchen immer im Mittelpunkt der Aufmerksamkeit. Dann plustert es die Brust auf, um mit teuren Stoffen und seinem selbst erklärten, mörderisch guten Aussehen anzugeben. Pfauen verwenden große Mengen kostspieliger Pflegemittel darauf, strahlend schön und zerzaust zugleich auszusehen. Außerdem mausern sie sich häufig. Letzte Woche noch im Hugo-Boss-Hemd, wird diese Woche schon der Armani-Pullover getragen – und das alles mit einem Körper, auf dem man Tischtennis spielen könnte. Und wenn der Pfau tausend

Worte hätte, er würde doch nur ganze neun benötigen: »Hallo, meine Damen: Ich sehe *wirklich* so gut aus!«

Verhaltensmerkmale: Es erübrigt sich zu sagen, dass Bescheidenheit nicht zu den Stärken des Pfauen-Männchens gehört. Oft starrt er wie hypnotisiert in den Spiegel, verliert sich bei der Betrachtung seiner selbst in einem tranceartigen Zustand. Glitzernde Gegenstände fesseln seine Aufmerksamkeit, seien es Goldbarren oder die verchromte Stoßstange des blitzblanken, granatapfelroten Maserati, der in seiner Einfahrt parkt.

Balz: Da er selbst die mit Abstand größte Liebe seines Lebens ist, bevorzugt das Pfauen-Männchen Frauen, die an seinem Arm gut aussehen und seine eigene, große Bedeutung zu schätzen wissen. Falls er nicht mindestens ein Fotomodell zur Freundin hat, dann jedenfalls eine, die seine Schönheit anbetet und sein Ego streichelt.

Lebensraum: Pfauen stechen auch in den teuersten Restaurants der Stadt, bei Konzerten (Logenplätze!) und in Nacht-Clubs aus der ungewaschenen Menge hervor und sind ununterbrochen und ganz bewusst damit beschäftigt, im Mittelpunkt des Geschehens zu stehen. So tauchen sie zum Beispiel gerne viel zu spät auf Partys auf oder stellen sich bei der Hochzeit einer Cousine zweiten Grades unvermittelt an das Mikrofon der Drei-Mann-Combo, um dem Brautpaar alles Gute zu wünschen. Selten bis gar nicht findet man sie in einsamen Gegenden wie Wäldern, Gotteshäusern oder modrigen Second-Hand-Buchläden.

Nistplatz: Der Pfau lebt zum überwiegenden Teil in der Großstadt, besonders in Penthouse-Wohnungen möglichst hoher Wolkenkratzer und in Szene-Vierteln. Sie können getrost davon ausgehen, dass sein Nest genauso makellos durchgestylt ist wie seine Kleidung: hochwertige Designermöbel und eine Profi-Küche, Blick auf die Skyline, High-Tech-Beleuchtung sowie ein minimalistisches Einrichtungskonzept (schwarz, Edelstahl, weiß).

Lockmittel: Das Leben des Pfaus besteht darin, angehimmelt zu werden. Wenn Sie ihm also auffallen wollen, müssen Sie sich von der Schar der Groupies, die ihn ständig umlagern, absetzen. Präsentieren Sie sich doch als schwer durchschaubare Helena von Troja – die betörende Göttin, die jeder Mann anbetet (und jede Frau hasst) –, dann dauert es keine fünf Minuten, bis er Ihnen einen Drink zukommen lässt. Von diesem Zeitpunkt an sollten Sie ihn einfach bewundern und wie einen Filmstar behandeln. Damit erobern Sie sein Herz oder dürfen sich zumindest mit ihm zusammen sehen lassen.

Fluchtverhalten: Denken Sie nicht einmal im Traum daran, Ihre niedlichen Locken abzuschneiden, eine Jogginghose zu tragen, Ihre Brüste verkleinern zu lassen oder ein Gramm zuzunehmen. Ansonsten heißt es: »Du lässt dich gehen«, und das ist genau das Stichwort, nach dem *er* Sie gehen lässt.

Was für ihn spricht: Ob er nun tatsächlich Millionär ist oder nur so aussieht, in jedem Fall gelingt es dem Pfau, die Bewunderung seiner Umgebung auf sich zu ziehen, ohne ein einziges Wort sagen zu müssen. Er lebt in einer materiellen Welt. Wenn Sie es also schaffen, sein *Material Girl* zu werden, dann wird es bestimmt nicht zu Ihrem Schaden sein.

Was Vogel und Männchen eint

In der Welt der Luftikusse spreizen Pfauen zum Abschluss der Paarungszeit ihr schillerndes Gefieder. Ganz ähnlich lässt auch das Interesse des Pfauenmännchens an einer Frau schlagartig nach, wenn er sie erst einmal in sein Nest geschleppt hat. Nach einer gewissen Zeit werden Sie sich dabei ertappen, wie Sie traurig »Sag mir, wo die Blumen sind« vor sich hin summen.

Die Unterarten

Der Modista

(narcissus lagerfeld)

Der Modista beweist einen überragenden Sinn für Mode, von der Gucci-Sonnenbrille bis hin zum Prada-Männer-Handtäschchen, und verfügt über die frappierende Fähigkeit, riesige Summen für Kleidung auszugeben, ohne sich finanziell zu übernehmen, auch wenn es keine logische Erklärung dafür gibt. Wie elegant er auch aussehen mag, wenn er sich in den neuesten Designerklamotten präsentiert, seien Sie gewarnt: Manchmal vergreift er sich – à la Carrie Bradshaw – erheblich im Stil, zum Beispiel wenn er einen Schottenrock etwas zu avantgardistisch mit Moon Boots kombiniert.

Tipp: Um einen Modista anzulocken, sollten Sie sich wie ein perfektes Accessoire benehmen: Tragen Sie nur Designerkleider. Legen Sie sich einen modischen Haarschnitt zu. Ihre Chancen steigen sprunghaft, wenn Sie Heidi Klum oder Barbara Becker irgendwie ähnlich sehen. Aber Vorsicht: Der natürliche Instinkt dieser Gattung lässt nicht viel Raum für langfristige Bindungen, da »langfristig« mit »alt« und »aus der Mode gekommen« gleichgesetzt wird.

Lieder, die er mag: »Fashion« von David Bowie; »Sharp Dressed Man« von ZZ Top; »Vogue« von Madonna, niemals aber »Du lässt dich geh'n« von Charles Aznavour.

Der Kohle-Klauber

(raffzahnus moneta)

Er gibt Geld aus, redet über Geld, verdient Geld, denkt darüber nach, wie er noch mehr Geld verdienen kann. Der Kohle-Klauber geht prinzipiell nur Beziehungen mit seinesgleichen ein, daher wird er möglichst unauffällig mehrdeutige Fragen in die Konversation einstreuen, um Ihre finanzielle Situation zu eruieren: »Ach ja, *Seabiscuit* … toller Film. Ich habe schon als kleiner Junge Polo gespielt. Reiten Sie?« Er hat mehr Plastik in der Brieftasche als eine Tupperware-Vertreterin im Kofferraum und soll angeblich auch schon ein Päckchen Hustenbonbons mit einem Hunderter bezahlt haben.

Tipp: Da der Kohle-Klauber ständig nur mit seinem finanziellen Erfolg beschäftigt ist, ist es schwierig, ihn aus seiner Arbeitsumgebung fortzulocken. Da hilft nur eine gesunde Dosis naiver Bewunderung (echt oder vorgetäuscht) für seine Fähigkeiten im Umgang mit Geld.

Lieder, die er mag: »Money« von Pink Floyd, »Ich wär so gerne Millionär« von den Prinzen, »Geld« von Falco, alles von Bob Geldof.

Der Autoflüsterer

(auto eroticus)

Abweichend von anderen Pfauen-Arten ist der Autoflüsterer mehr um die äußere Erscheinung seines

Autos besorgt als um seine eigene und verbringt endlos viel Zeit in der Garage, wo er mit dem liebevollen Streicheln, Waschen und … oooooh … Wachsen seines Gefährts beschäftigt ist. Wenn er damit wegfährt, nimmt er jede erdenkliche Mühe auf sich, um das besagte Gefährt (die enge Wortverwandtschaft zu »Gefährtin« ist kein Zufall!) in einer unbelebten Zone eines öffentlichen Parkplatzes abzustellen, nur um bei der Rückkehr jeden mikroskopisch kleinen Fehler im Lack des Wagens zu untersuchen und sich zu fragen: »War der schon vorher da?«

Tipp: Beim Kontakt mit einem Autoflüsterer ist es hilfreich, gelegentlich ein bisschen Automobil-Jargon ins Gespräch einzustreuen, am besten etwas Zweideutiges wie zum Beispiel: »Ich finde ja, dass es beim Schaltknüppel nicht in erster Linie auf die Größe ankommt.« Denken Sie immer daran, das Auto zu loben und zu respektieren – ist es doch im Grunde genommen nichts anderes als das symbolische Abbild seiner Mutter, der ersten Frau in seinem Leben.

Lieder, die er mag: »Ich will Spaß, ich geb Gas« von Markus, auf keinen Fall aber »Baby You Can Drive My Car« von den Beatles, da er mit der Botschaft des Stückes überhaupt nicht übereinstimmt.

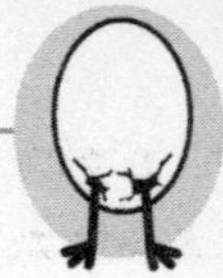

Dem Jungmännchen auf der Spur

Als kleiner Junge hat der Pfau zwanghaft sein Taschengeld und andere Zuwendungen gehortet und auf neue Matchbox-Autos oder Superhelden-Unterwäsche gespart – manchmal aber auch einfach um die Befriedigung zu spüren, die ein beinahe volles Sparschwein automatisch hervorruft.

Pfauen

und die Frauen, die Pfauen lieben ...

Falls Sie auf der Suche nach einem Herzensbrecher mit dickem Bankkonto sind, dann ist der Pfau Ihr persönlicher Paradiesvogel. Ebenso, wenn Sie glauben, dass ein Freund mit Stil und Schwung (oder zumindest einem heißen Ofen) ein wichtiges Accessoire ist – fast so lebenswichtig wie der Besitz der richtigen Handtasche sowie des dazu passenden Schmucks. Schließlich sagt der erste Eindruck eine Menge aus, und es kann doch sein, dass der Inhalt hält, was die Verpackung verspricht, oder? Geld, Macht und gutes Aussehen sind vielleicht nicht das Wichtigste im Leben, aber dass das Leben mit ein paar großen Scheinen, den richtigen Beziehungen und einem hübschen Gesicht sehr viel angenehmer sein kann als ohne, das ist Ihnen schon lange klar. Sicher, alles das kann man nicht mit ins Grab nehmen, aber warum es nicht genießen, so lange es noch geht?

ΑΣΣ
Schmuddelige Kappe
aus der guten alten
Berufsschulzeit
Wild
Turke
Keltisches Runen-Tatoo,
einzige noch existierende
Erinnerung an eine feucht-fröhliche
Gruppenreise nach Mallorca
Subkutane
Abdominal-Zellulitis
(auch Bierkugel genannt)

Kapitel zwei

Der Puter

Der Puter ist geheimnisvoller und ehrfurchtgebietender als alle Engel und Erzengel zusammen. Indem Gott uns die Welt der Engel zumindest teilweise offenbart hat, hat er uns auch aufgedeckt, welche Bedeutung die Engel haben. Aber Gott hat uns nie enthüllt, welche Bedeutung ein Puter hat. Und wenn Sie sich einmal die Zeit nehmen und ein, zwei Stunden lang einen lebenden Puter betrachten, dann werden Sie am Ende feststellen, dass das Rätsel eher größer als kleiner geworden ist.

Gilbert Keith Chesterton, *All Things Considered*

Unsere Empfehlung lautet, dass niemand mehr als zwei Tonnen Putenfleisch essen sollte, da ab dieser Menge Vergiftungsgefahr besteht.

Elizabeth Whelan in: *US News & World Report*

Wird im November Wein aus Most, muss der Puter auf den Rost.

Altes venezianisches Sprichwort

Auch wenn die Puter vielleicht nicht allen Spott verdient haben, der über ihnen ausgekippt wird, so kann man doch mit Fug und Recht behaupten, dass sie nicht gerade die Einsteins der Vogelwelt sind. Schon vor Jahrhunderten standen sie in dem Ruf, dumm und dusselig zu sein. Bei manchen nordamerikanischen Indianerstämmen war das Essen von Putenfleisch verpönt, weil sie fürchteten, die Dummheit dieses Vogels könnte sich negativ auf ihre kriegerischen Fähigkeiten auswirken. Und auch in neuerer Zeit hat sich ihr Ruf nicht gerade verbessert. So hat man beispielsweise beobachtet, wie Puter während eines heftigen Platzregens aus unbekannten Gründen den Kopf in den Nacken gelegt und gen Himmel geblickt haben, nur um dabei zu ertrinken, weil nämlich ihre Nasenlöcher voll Wasser liefen. Genau wie ihr gefiedertes Pendant legen auch die Puter-Männchen zahlreiche geheimnisvolle und närrische Verhaltensweisen an den Tag, die selbst die freigeistigsten und aufgeschlossensten Beobachterinnen in ratloses Erstaunen versetzen. Auch sie starren, bildlich gesprochen, bei Regen hinauf an den stürmischen Himmel, obwohl es für Außenstehende eher den Anschein haben mag, sie wären zu dämlich, sich irgendwo unterzustellen.

Federkleid: Genau wie die echten Puter – aufgrund ihres seltsamen und unattraktiv-fusseligen Gefieders – sind auch die Puter-Männchen leicht zu identifizieren. Der Grund dafür liegt in ihrer vollkommenen Unfähigkeit zu erkennen, ob ihre äußere Erscheinung in einer bestimmten Situation lächerlich und unangebracht wirkt, so zum Beispiel das Tragen einer Mickymaus-Krawatte bei einer Beerdigung, eines weit aufgeknöpften Hemdes (ohne Unterhemd, aber mit behaarter Brust) im Büro oder einer Gürteltasche *überall*.

Verhaltensmerkmale: Vorsichtig ausgedrückt könnte man sagen: Puter sind völlig gaga. Hätte man es mit Mirco Nontschew oder einem Darsteller aus irgendeiner schlechten Improvisations-Show im Privatfernsehen zu tun, wäre ein solches Gebaren vielleicht sogar angemessen, aber im alltäglichen Leben entfalten seine skurrilen Verhaltensweisen die gleiche Wirkung wie eine Stinkbombe. Sämtliche Versuche des Puters, sich irgendwie normal zu gebärden, gehen aufgrund seines bizarren Bedürfnisses, sich ständig öffentlich in der Nase zu bohren oder in der Badehose zum Betriebs-Sommerfest zu erscheinen, schief.

Balz: Da ihm Dinge wie Verlegenheit oder Anstand vollkommen fremd sind, stellt der Puter einem Weibchen, das sein Interesse geweckt hat, schamlos nach. Dabei bedient er sich oftmals miserabelster Aufreißer-Sprüche wie zum Beispiel: »Ich hab' meine Telefonnummer verloren, kann ich deine haben?«, oder: »Sind wir hier im Himmel, oder warum sehe ich einen Engel vor mir?« (Antworten Sie darauf mit: »Da kommt meine Wolke, ich muss weg«, dann fällt ihm nichts mehr ein.) Ein Puter erträgt klaglos zahllose Zurückweisungen bis hin zu gelegentlich direkten Feindseligkeiten und Hänseleien, so lange, bis die Angebetete schlichtweg ermattet und sich ein »Na gut, aber nur ein Mal« abringen lässt.

Lebensraum: Der Puter ist nicht an ein bestimmtes Umfeld gebunden. Dennoch lässt er sich auch in größeren Menschenmengen leicht identifizieren, sei es, weil er das »offene Mikrofon« einer Kneipe zu einer miserablen Karaoke-Einlage nutzt, im Rücken des Reporters eines lokalen Fernsehsenders übertrieben in die Kamera winkt oder sich zu den Klängen eines chilenischen Panflötenorchesters in der Fußgängerzone versonnen in Tanzschritten wiegt.

Nistplatz: In Einrichtungsfragen orientiert sich der Puter an den Illustrationen der Zeitschrift MAD und stopft sein Nest daher mit allerhand Geschmacklosigkeiten und Absonderlichkeiten voll: einer rosafarbenen, herzförmigen Kuckucksuhr, einer Sprühdose Trockenshampoo, einem gepolsterten Toilettensitz, einem Clapper, der auf Händeklatschen das Licht ein- und ausschaltet, einem Bild von pokernden Hunden sowie Tierfiguren aus Terrakotta.

Lockmittel: Es gibt zwar keine wirklich sichere Methode, einen Puter anzulocken, aber falls Sie zu den Menschen gehören, die auf Benimmregeln achten und denen öffentliche Fauxpas ein Gräuel sind, dann können Sie sicher sein, dass er wie eine Klette an Ihnen hängen bleibt.

Fluchtverhalten: So, wie das in jedem herzhaften Putenbraten enthaltene Tryptophan einschläfernd wirken kann, so kann ein Rendezvous mit einem Puter auch die geduldigste und unerschrockenste Männchenbeobachterin in die Erschöpfung treiben. Vielleicht haben Sie ihn nur einmal zu oft mit offenem Mund kauen sehen. Vielleicht haben Sie genug davon, dass er ständig die Mini-Shampoos und –Seifen aus Hotels sammelt. Was immer der Tropfen ist, der das Fass zum Überlaufen bringt, irgendwann ist der Braten eben durch.

Was für ihn spricht: Seine Beharrlichkeit. Ein Puter lässt sich nur selten entmutigen, sei es aufgrund seiner übermenschlichen Fähigkeit im Erdulden von Schmähungen oder lediglich aufgrund seiner angeborenen Gleichgültigkeit gegenüber sämtlichen gesellschaftlichen Normen.

Was Vogel und Männchen eint

Wild lebende Puter sind wahllose Esser und bedienen sich aus einem breiten Angebot der Pflanzen- und Tierwelt: Gras, Käfer, Frösche, Eidechsen, wo immer und wann immer sie können. Entsprechend verschlingt auch das Puter-Männchen begeistert alles, was man ihm vorsetzt, hortet bei Betriebsfeiern auf einem Extrateller Beilagen und sagt beim ersten Essen mit Ihren Eltern auch nach dem vierten Teller nicht nein.

Die Unterarten

Der Schnips-Schnalzer

(knacksus fingergelenkus)

Der Schnips-Schnalzer liebt das Leben und lässt sich am besten an seinen exzessiven und unerträglichen Gebärden erkennen. Oft sieht man ihn beim Gehen mit den Fingern schnipsen und mit den Lippen Plopp-Geräusche erzeugen. Im Gespräch bringt er immer wieder zwanghaft pantomimische »Anführungszeichen« zum Einsatz (auch, wenn sie eigentlich völlig »überflüssig« wären) und begrüßt Bekannte, indem er mit ausgestrecktem Zeige- und Mittelfinger auf sie zeigt und dabei mit der Zunge schnalzt. Sobald der Schnips-Schnalzer sich irgendwo hinsetzt, fängt er an, in irrsinnigem Tempo mit den Füßen zu wippen. Mit der dadurch erzeugten Energie ließe sich der Strombedarf einer durchschnittlichen Kleinstadt problemlos decken. Besorgen Sie sich also bald nach dem Kennenlernen einen Generator.

Tipp: Wenn er mit Ihnen Schluss macht, dann beendet er das Gespräch mit einer »Es-ist-vorbei«-Handbewegung. Wenn Sie ihn nach dem Grund fragen und dabei anfangen zu weinen, zuckt er betont übertrieben mit den Schultern und tippt sich, wenn Sie gerade nicht hinsehen, an die rechte Schläfe.

Lieder, die er mag: »Klatsche in die Hände« von Tragic Error, »Breakdance World« von den Flying Steps, »Pantomime« von Orgy.

Der Ewige Kindskopf

(studiosus infinitus)

Der Ewige Kindskopf hängt nicht nur seinen nostalgischen Erinnerungen an die schöne Zeit in der Berufsschule nach, er benimmt sich auch so, als wäre sie längst noch nicht vorbei. Liebend gerne geht er mit seinen Kumpels einen heben, um sich dann an eine völlig Unbekannte heranzumachen und sie in sein Nest zu entführen, dessen Inneneinrichtung aus aufblasbaren Bier-Werbeartikeln besteht. Die Möbel machen den Eindruck, als entstammten sie dem Partykeller seiner Eltern aus der Zeit vor 1979. Trotz seines kleinen Bierbäuchleins ist er immer noch beweglich genug, um einen Handstand auf einem Bierfass zu machen und gleichzeitig daraus trinken zu können. Und er verfügt über ausreichend Talent, um im Anschluss daran einen anerkennenden Rülpser in die Freiheit zu entlassen.

Tipp: Man trifft ihn oft bei Trinkgelagen in den Häusern studentischer Verbindungen an. Er ist der, der spätabends im schwer angeheiterten Zustand auf das Dach klettert, um nachzusehen, ob die Fahne noch da ist, nur um festzustellen, dass er sie vor drei Stunden oder so selbst abmontiert hat.

Lieder, die er mag: »Wenn du denkst, du denkst, dann denkst du nur, du denkst« von Katja Ebstein, »Forever Young« von Rod Stewart, »Wir saufen uns ins Guinnessbuch« von Hans Söllner.

Der Müüb-Müüb

(infantilus exzessivus)

Im Vergleich zur Masche des Müüb-müüb ist der Humor eines Tom-und-Jerry-Comics als geradezu geistreich zu bezeichnen. Der mit einem Hang zu Uralt-Witzen und ebensolchen Sprüchen geschlagene Müüb-müüb (»Sagt das Häschen: ›Hattu Möhr'n?‹« oder ein schleimiges »Alles fit im Schritt?«) beendet seine fehlgeschlagenen humoristischen Beiträge entweder mit: »Na, kapiert?« oder mit einem gebrüllten: »Rattatazong, weg ist der Balkong!«, woran sich mit großer Sicherheit mehrere Stöhngeräusche sowie ein quäkiges W*ah-Wah-Wah* anschließen.

Zum tieferen Verständnis

Dick und Doof
Louis de Funes
Mike Krüger
Alle *Supernasen*-Filme

Tipp: Sie lassen ihn endgültig fallen, wenn Sie sein immer unpassendes »Jetzt aber mal im Ernst, Leute« einfach nicht mehr ertragen können, zum Beispiel, wenn Sie ihm gerade gesagt haben, dass Sie vielleicht kurz davor sind, sich in ihn zu verlieben.

Lieder, die er mag: »The Joker« von Steve Miller; »Ich will doch nur spiel'n« von Annett Louisan, alles von Otto Waalkes.

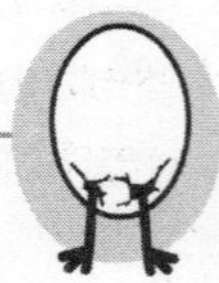

Dem Jungmännchen auf der Spur

Der junge Puter hat sämtliche Kindergartenfeste dadurch bereichert, dass er ständig mit heruntergelassenen Hosen herumgerannt ist.

Puter

und die Frauen, die Puter lieben ...

Sicher, ein Puter ist vielleicht nicht die hellste Leuchte auf Erden. Außerdem fehlt ihm bedauerlicherweise jedes Gespür für ein Mindestmaß an Sitte und Anstand. Aber wenn Sie die Schnauze voll davon haben, vierzig Stunden die Woche für einen beknackten Chef zu schuften und tagtäglich neue Krisen auf sich einstürmen sehen, dann sind die ungewöhnlichen Schrullen eines Puters vielleicht genau das Richtige für Sie. Obwohl die anderen *über* ihn anstatt *mit* ihm lachen, bewundern Sie seine Fähigkeit zu leben und leben zu lassen, ja, vielleicht wollen Sie sogar ein kleines Stück dieses nonchalanten »Mir-doch-egal« in Ihr eigenes Leben übertragen. Allerdings, das wird Ihnen jeder Arzt bestätigen: Zu viel Puter ist nicht gesund. Probieren Sie ihn erst einmal in kontrollierten Dosen aus. Falls Sie das ertragen, dann, wer weiß, liegt vielleicht schon bald einer auf Ihrem Teller.

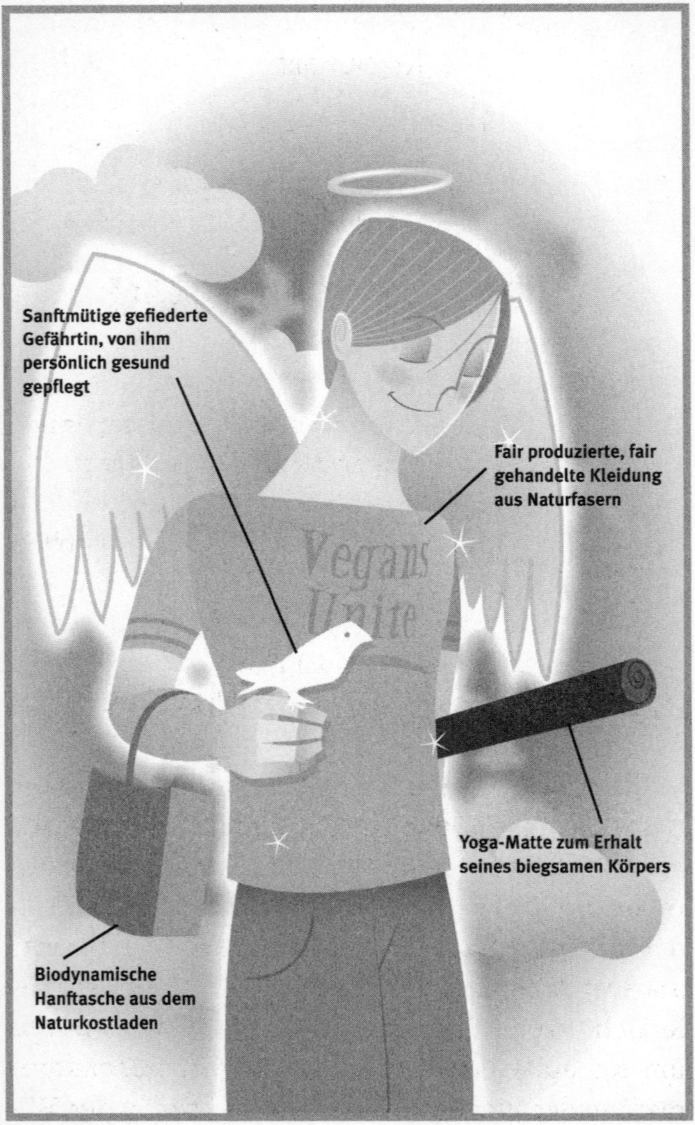
Sanftmütige gefiederte Gefährtin, von ihm persönlich gesund gepflegt
Fair produzierte, fair gehandelte Kleidung aus Naturfasern
Vegans Unite
Yoga-Matte zum Erhalt seines biegsamen Körpers
Biodynamische Hanftasche aus dem Naturkostladen

KAPITEL DREI

Die Friedenstaube

Jetzt werde ich mir selbst beweisen, dass
mehr Schlange als Taube in mir steckt,
mehr Schurke als Trottel.

aus: Christopher Marlowe, *Der Jude von Malta*

Seid klug wie die Schlangen und
ohne Falsch wie die Tauben.

Die Bibel, Matthäus 10,16

Sie halten den Massenstart weißer Tauben bei einer Hochzeit oder einer olympischen Eröffnungsfeier für eine schöne und anrührende öffentliche Geste? Da erlauben sich die Friedenstaubenmännchen (höflich, aber bestimmt), anderer Meinung zu sein. Der potenziell tierquälerische Akt, Vögel in eine Kiste zu sperren, nur um sie außerhalb ihres natürlichen Lebensraumes wieder fliegen zu lassen, weckt sofort den Widerspruchsgeist dieser mitfühlenden Seelen. Friedenstaubenmännchen sind selbstlos, warmherzig, vertrauenswürdig und allzeit zur Vergebung bereit – alles in allem also so etwas wie das schlechte Gewissen der Männchenwelt. Es würde sich lieber selbst vor einen fahrenden Zug werfen, als Ihnen das Herz zu brechen. Glauben Sie uns: Sie brauchen nur fünf Minuten lang mit einem dieser süßen und sensiblen Männchen die Spätnachrichten anzuschauen, dann ist Ihnen klar: Taubentränen sind keine Krokodilstränen.

Federkleid: Am Körper eines Friedenstaubenmännchens, unterhalb seines sanftmütigen Lächelns und der mitfühlenden Augen, werden Sie niemals irgendwelche protzigen, überteuerten Markenklamotten oder politisch nicht korrekte Kleidung wie zum Beispiel von Kindern in der Dritten Welt hergestellte Turnschuhe entdecken. Stattdessen trägt er seine Einstellung auf bedruckten T-Shirts (»Veganer für den Frieden« oder »Umweltschutz beginnt zu Hause!«) vor sich her.

Verhaltensmerkmale: Friedenstauben befolgen das Gebot der Nächstenliebe bis aufs i-Tüpfelchen und gebärden sich so freundlich und harmoniesüchtig, dass es fast schon weh tut. Sie verschmähen geschmacklose Reality-Shows und Kontakt-Sportarten und entschuldigen sich nach jeder Bagatelle wie zum Beispiel einem Nieser überschwänglich. Wenn eine Friedenstaube beleidigt oder verletzt wird (zum Beispiel bei einem Überfall), ist sie sofort bereit zu vergessen und verzeihen. (»Wie kann ich ihm böse sein? Er muss bestimmt seine Familie ernähren.«) In Extremfällen soll es schon vorgekommen sein, dass eine Friedenstaube mit Hilfe einer Vollbremsung einer Schildkröte das Leben gerettet – und damit gleichzeitig einen Auffahrunfall provoziert hat.

Balz: Eine Friedenstaube umwirbt Sie mit einfachen Gesten wie zum Beispiel einem selbst gebastelten Origami-Blumenbouquet. (Er hat es einfach nicht übers Herz gebracht, echte zu pflücken.) Seine Vorstellung von einem idealen Rendezvous? Einen Abend lang gemeinsam in einer Obdachlosenunterkunft Essen ausgeben oder – während der Zeit der Krötenwanderung – eimerweise glitschige Amphibien über praktisch unbefahrene Landstraßen tragen. Eine Auseinandersetzung mit einer Friedenstaube kann einen sehr schnell in den Wahnsinn treiben, da sie moralisch immer im Recht ist und Sie im Vergleich wie eine cholerische, kindische Verrückte aussehen lässt. (»Ich gebe gerne zu, dass ich vielleicht deine Gefühle verletzt habe, aber ich hätte mir gewünscht, du hättest offen darüber gesprochen, anstatt per E-Mail den Wunsch zu äußern, ich möge von einem Lieferwagen überrollt werden. Das hat mich betroffen gemacht.«)

Lebensraum: Taubenmännchen findet man dort, wo sie wirklich etwas bewirken können: im Kindergottesdienst, den sie als Mitarbeiter unterstützen, im Pflegeheim, wo sie vereinsamte alte Menschen besuchen, bei Schweigekreisen und Lichterketten im Gedenken an misshandelte Versuchstiere, auf Spenden-Marathons für die Krebshilfe und bei der Organisation von Wohltätigkeitsveranstaltungen zugunsten behinderter Kinder.

Nistplatz: Ähnlich dem Nest der gefiederten Taube, das sehr instabil und nur aus wenigen Zweigen zusammengestückelt wirkt, ist auch das Heim des Friedenstaubenmännchens auf idealistische Weise unpraktisch. In seinem Kühlschrank gibt es nichts außer delfinschonend gefangenem Thunfisch und biodynamischem Gemüse, da alles andere seinen moralischen Ansprüchen nicht gerecht würde. Das Wohnzimmer wird von einigen wenigen geschmacklosen Dingen geziert, die zwar nicht zur Einrichtung passen, die er aber auch nicht einfach wegwerfen kann – es sind ja schließlich Geschenke wie zum Beispiel der selbst gehäkelte, rosarote Kannenwärmer oder die beiden verliebten Gartenzwerge.

Lockmittel: Tun Sie einfach so, als wäre er der Heilige, der er selbst sooo gerne sein möchte. Sinken Sie vor ihm zu Boden und täuschen Sie eine Verletzung vor. Rennen Sie ihm weinend entgegen und sagen Sie, Ihr Hund sei weggelaufen. Verwickeln Sie ihn in ein leidenschaftliches Gespräch darüber, wie sehr der Reichtum, mit dem Sie bei Ihrem Job zu tun haben, Sie deprimiert. Er wird gar nicht anders können, als Ihnen zu Hilfe zu eilen.

Fluchtverhalten: Das Ende ist in Sicht, wenn er Ihre »geschmacklosen« Witze über Angela Merkels Figur nicht mehr länger ertragen kann und Sie nicht länger mit den herzerweichenden Seufzern klarkommen, die er während einer »Peanuts«-Folge ausstößt, weil Charlie Brown ständig so gemein behandelt wird. (»Niemand achtet ihn, dabei ist er ein solch tiefgründiger Mensch. Er wird abgelehnt, weil er ein glatzköpfiger Visionär ist, ein Prophet unserer Tage.«)

Was für ihn spricht: Wenn er sagt, dass Sie schön sind, dann ist das seine ehrliche Meinung (weil Lügen – auch Notlügen – nicht richtig sind). Wenn er ein hungerndes afrikanisches Kind adoptiert, dann fällt auch auf Sie der Schein dieser Großtat der Mitmenschlichkeit. Schlussendlich gleichen seine Stärken all Ihre Schwächen aus.

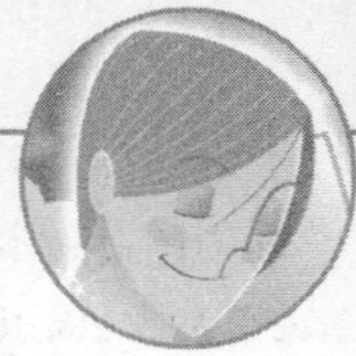

Was Vogel und Männchen eint

Taubenväter übernehmen eine aktive Rolle bei der Aufzucht der Jungen, indem sie tagsüber im Nest sitzen und es warm halten, damit die Weibchen die Nachtschicht übernehmen können. Entsprechend spielen auch Taubenmännchen sehr gerne die Mutterrolle, nehmen freudig die Gelegenheit wahr, »die natürlichen und verblüffenden Freuden des Vater-Seins zu genießen«, einschließlich der Spuckattacken und grünlich-braun gefüllter Windeln.

Die Unterarten

Der Vater Theresa

(robinhoodus dogmaticus)

Während seines Studiums der vergleichenden Kulturwissenschaften hat der Vater Theresa nicht an den sonst üblichen Partys, sondern an zahlreichen feministischen Demonstrationen und Fastenmärschen gegen den Welthunger teilgenommen. Nach einer Liebesnacht liegt er schweigend im Bett und starrt an die Decke, gequält von schweren Schuldgefühlen angesichts seines schwebenden post-koitalen Zustandes, wo es tibetische Mönche und Wale doch gerade so schwer haben. Falls Sie ihn zum Essen einladen, dann machen Sie sich auf trauriges Kopfschütteln und andauerndes Stöhnen gefasst, wenn die Kellner halb volle Teller abtragen. (»Dieser Shrimp-Cocktail wäre ein Festmahl für eine vierköpfige Familie im Sudan gewesen.«) Da er oft als freiwilliger Helfer im Tierheim arbeitet, hat er so viele dreibeinige Hunde und einäugige Katzen bei sich aufgenommen, dass seine Wohnung auch als Menagerie für behinderte Tiere durchgehen könnte.

Tipp: Falls Sie mit einem Vater Theresa eine Bindung eingehen wollen, dann freunden Sie sich schon einmal mit der Vorstellung an, sich als Ehering einen Metallwürfel an den Finger stecken zu lassen. (»Der internationale Diamantenhandel ist ein ausbeuterisches und imperialistisches Geschäft.«)

Lieder, die er mag: »Give Peace a Chance« von John Lennon, »Blowing in the Wind« von Bob Dylan, »Der Gesang der Buckelwale« (alle Strophen).

Der Große Frömmler

(sanctus seltsamus)

Der Große Frömmler ist zeit seines Lebens aktives Mitglied einer Kirchengemeinde gewesen und hält daher überhaupt nichts davon, am Sonntag auszuschlafen. Jedes Mal, wenn Ihnen ein Fluch entwischt, zuckt er zusammen, und es kann gut sein, dass in seinem Schlafzimmer ein Kruzifix oder ein Poster mit Fußspuren im Sand (»Und wenn du in stürmischen Zeiten nur *ein* paar Spuren siehst, dann waren das die Zeiten, in denen ich dich getragen habe«) an der Wand hängt, was es Ihnen wiederum schwer macht, dort Sex zu haben – schließlich sieht Gott buchstäblich dabei zu. Auf der anderen Seite spricht vieles dafür, dass er Ihre gemeinsame Beziehung in Ehren halten und sich nicht auf Nebengleise verirren wird. Also immerhin ein Vorteil gegenüber Ihrem letzten Typen, diesem miesen Schwein.

Tipp: Es mag Ihnen zunächst schwierig erscheinen, diesen scheinbar so keuschen Vogel zu verführen, aber versuchen Sie es doch einmal mit Sprüchen, die seine religiösen Gefühle wecken: »Kommst du noch mit hoch auf ein Stückchen Brot und einen Schluck Wein?« oder auch »Ich hab' meine Bibel verlegt, kannst du mir schnell suchen helfen?«

Lieder, die er mag: »Like a Prayer« von Madonna, »Fliege mit mir in den Himmel« von Brunner und Brunner, »Die Matthäus-Passion« von Johann Sebastian Bach, aber ganz bestimmt nicht »Sympathy for the Devil« von den Rolling Stones.

Das Schätzchen

(solus amicus bonus)

Sosehr sich dieser jederzeit freundliche Kerl auch bemüht, er bekommt einen Korb nach dem anderen – ganz im Gegensatz zu all den weniger wertvollen, weniger liebevollen und weniger vertrauenswürdigen Typen. Jedes Mal, wenn er bei einer seiner »guten Freundinnen« einen Vorstoß wagt, schenkt sie ihm ein mitleidiges Lächeln, streicht ihm über den Rücken und sagt: »Ach, wenn ich doch bloß eine wüsste, mit der ich dich zusammenbringen könnte – du wärst *so* ein Schnäppchen!« Die festen Freunde dieser Frauen fühlen sich durch ihn nicht im Mindesten bedroht, da sie ihn als eine Art harmloses Maskottchen betrachten.

Tipp: Wenn Sie bei dieser Unterart wirklich eine Chance haben wollen, dann nennen Sie ihn nicht »Schätzchen« und vermeiden Sie auch alle anderen wohlwollend-asexuellen Begriffe. Stattdessen sollten Sie den Hengst entdecken, wo alle anderen nur ein Schaukelpferd sehen.

Lieder, die er mag: »That's What Friends Are For« von Dionne Warwick, »With a Little Help From My Friends« von Joe Cocker, »Gute Freunde kann niemand trennen« von Franz Beckenbauer, »Amor Platónico« von Los Tucanes de Tijuana.

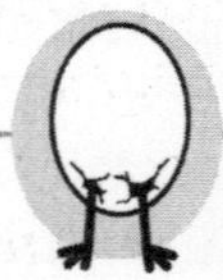

Dem Jungvogel auf der Spur

Schon als kleines Friedenstäubchen war es ihm unangenehm, bei »Space Invaders« die feindlichen Raumschiffe abzuschießen oder bei Pac-Man die Geister aufzufressen. An Halloween hat er nicht um Süßigkeiten gebettelt, sondern um Spenden für UNICEF.

Friedenstauben

und die Frauen, die Friedenstauben lieben ...

Vielleicht trauern Sie ja den Tagen nach, als Sie noch mit der Jugendgruppe Ihrer Kirchengemeinde ums Lagerfeuer gesessen, »Danke für diesen guten

Morgen« gesungen und Freundschaftsbändchen geflochten haben. Vielleicht sind Sie auch ein zu spät geborenes Hippie-Mädchen, das gar nicht verstehen kann, was eigentlich an Friede, Liebe und gegenseitigem Verständnis so komisch sein soll und das sich gleichzeitig nach einem Mann sehnt, der seine verantwortungsbewussten, aber unpraktischen Wertvorstellungen teilt. Was immer also den Reiz eines solchen Techtelmechtels ausmachen mag, Sie sollten Folgendes nicht vergessen: Tauben-Männchen mögen so sanft sein wie Babyseife, ihre Passivität kann jedoch sehr schnell zu großem Frust führen, wenn man es mit fiesen Geldeintreibern, üblen Knastbrüdern oder jähzornigen Nachbarn zu tun bekommt. Die brutale Welt, in der wir leben, erfordert eine Menge Schneid, und so müssen Sie selbst die böse Hexe spielen, während Ihr Männchen alle Hände voll damit zu tun hat, friedlich auf seinem Olivenzweig vor sich hin zu dösen.

In freier Wildbahn

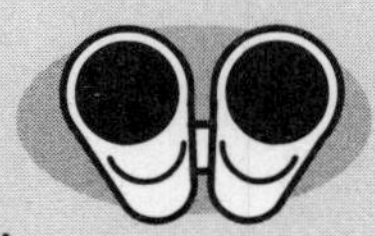

Mahatma Gandhi
John Lennon
Bruder Lorenz aus *Romeo und Julia*
Sam Gamgee aus *Herr der Ringe*
Nelson Mandela

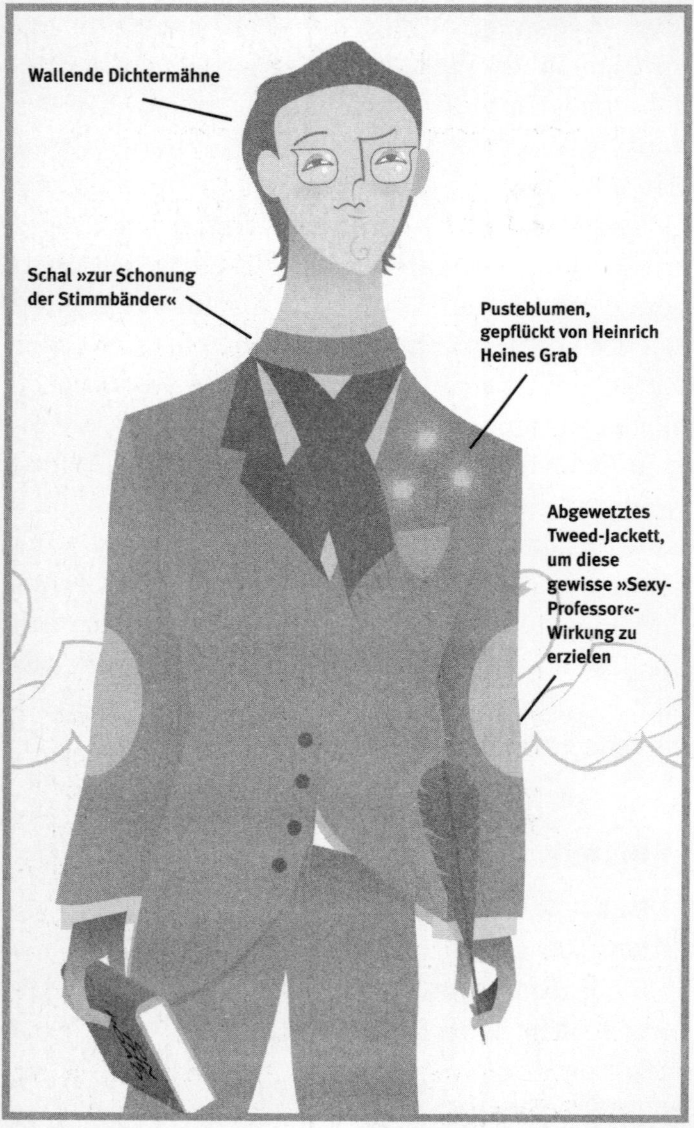
Wallende Dichtermähne
Schal »zur Schonung der Stimmbänder«
Pusteblumen, gepflückt von Heinrich Heines Grab
Abgewetztes Tweed-Jackett, um diese gewisse »Sexy-Professor«-Wirkung zu erzielen

Kapitel vier

Der Schwan

Der Schwan summt süße Weisen mit schmeichelnder Stimme und singt doch nur sein eigenes Trauerlied.

Marcus Valerius Martialis, *Epigramme*

Herr Schwan, Herr Schwan, dein Gesang ist süß, aber deine Eier sind sauer.

Aus dem Orient

Es singt der Schwan im Weiher
Und rudert auf und ab
Und immer leiser singend
Taucht er ins Flutengrab.

aus: Heinrich Heine, *Es fällt ein Stern herunter*

Warum hat der Schwan einen solch langen Hals? Vielleicht nur, weil dieser oftmals glorifizierte Gänsevogel den Kopf fortwährend in den Wolken trägt. Das trifft zumindest auf die Schwanen-Männchen zu, die durch den zeitlosen Äther einer Welt schweben, die eigentlich gar nicht existiert. Stets auf der Suche nach der klassischen Vollkommenheit, wie sie einst von den Romantikern und den Prä-Raphaeliten beschworen wurde, verfügen die Schwäne über eine Aura der Anmut und des zarten Zaubers mit großer Anziehungskraft. Genau wie ihre geflügelten Verwandten (die unter anderem ein klassisches Ballett inspiriert haben), sind Schwanen-Männchen in der Lage, Sie voll und ganz in ihren Bann zu ziehen, weil sie eine heroische und porentief reine Traumwelt voller metaphorischer *Pirouetten* und *Grandes Jetés* verkörpern.

Federkleid: Mit seiner weichen, elfenbeinfarbenen Haut und dem zerbrechlichen Körper schwebt der Schwan eher, als dass er geht. Aus seinen Augen dringt ein beseelter Blick in weite Ferne, als ob er gerade – umschwebt von einem Strauss-Walzer – selbstvergessen eine griechische Vase betrachtet. Seine Garderobe besteht im Wesentlichen aus schwarzen Rollkragenpullovern, Tweed-Jacketts mit Ellbogenflicken und abgewetzten braunen Kordhosen.

Verhaltensmerkmale: Indem er den klassischen Idealen der Romantik nacheifert, lebt der Schwan – unbehelligt von der Pop-Kultur sowie von der primitiven Geschmacklosigkeit der breiten Massen – in einem Vakuum. (So hält er beispielsweise *Die Fantastischen Vier* für einen lange verloren geglaubten Schmöker von Victor Hugo.) Da er ausschließlich am Schönen und Reinen interessiert ist, hat er keinen Sinn für Profanes oder Praktisches. Technischen Herausforderungen geht er nach Möglichkeit aus dem Weg und ist auch sonst nur selten auf der Höhe der Zeit (und der Mode). Er kann einfach nicht verstehen, wieso Monokel und Gamaschen ausgestorben sind. Wenn Sie den Faden aufnehmen wollen und von Max Raabe und seinem Palastorchester schwärmen, blickt er Sie völlig verständnislos an. Viele Mitmenschen halten den Schwan für versnobt oder verwirrt, andere hingegen bewundern seine Anmut, seine Finesse und seine Fähigkeit, Wörter wie »ergo« oder »hinwiederum« in alltäglichen Sätzen unterzubringen. Er beherrscht eine Fremdsprache fließend, in der Regel Französisch, Italienisch oder Altgriechisch. (»Wenn man Homer im Original liest, erkennt man Feinheiten, die in der Übersetzung einfach verloren gehen.«)

Balz: Romantisch-verträumte Liebeserklärungen sind unabdingbarer Bestandteil des Balzrituals des Schwans. Es kann geschehen, dass er Sie mitten auf einem belebten Bürgersteig plötzlich an den Schultern packt, Sie zu sich herumdreht, Ihr Gesicht in seine Hände nimmt und Sie mit einem langen und zärtlichen Kuss beglückt, nachdem er »Dein umwerfender Anblick konterkariert all die Trauer und Tränen dieser Welt« oder etwas ähnlich Tiefsinniges hervorgestoßen hat. Oder er nimmt Sie im Supermarkt vor dem Regal mit den Cornflakes plötzlich in den Arm und wiegt sich mit Ihnen durch eine besonders bewegende Big-Band-Version von Eric Claptons »Wonderful Tonight«. Wenn Sie nach einer gemeinsam verbrachten Nacht in seinem Bett aufwachen, müssen Sie möglicherweise feststellen, dass er Ihren nackten Rücken als Schreibunterlage benutzt, um mit fiebrigem Eifer ein Sonett über Sie zu verfassen.

Lebensraum: Die Natur ist die zweite Geliebte des Schwans, also halten Sie am besten in Parks nach ihm Ausschau, wo er, eine Pusteblume im Mund, am Ufer eines Lilienteiches sitzt und über Wahrheit und Schönheit der Schöpfung nachdenkt. Genauso häufig lässt er sich auch in verrauchten Jazz-Clubs, bei gedankenverlorenen Spaziergängen über historische Friedhöfe, vorbei an moosbewachsenen Grabsteinen, oder auf einsamen Besuchen der kulturell bedeutendsten Städte Vorderasiens antreffen. In Imbissbuden und Tankstellen-Shops hingegen fühlt er sich mehr als unwohl, und wenn ihm jemand ein paar Schweineschwarten-Chips anbietet, dann würgt er ein »Nur über meine Leiche!« hervor.

Nistplatz: Das Nest des Schwans ist unaufgeräumt und übersät mit all den Attributen eines armen Künstlers: eine Vase mit verblühten Blumen, eine bis auf den Tisch heruntergebrannte Kerze mit dem dazugehörigen Wachsfleck sowie eine halb volle Flasche billiger Chianti. Er wohnt in einem Altbau mit hohen Decken, Holzfußboden, schweren Vorhängen und einem alten Plattenspieler direkt neben dem zugigen Fenster, der den Eindruck des Bohemiens vervollständigt.

Lockmittel: Geben Sie sich beherrscht, anmutig und Audrey-Hepburn-mäßig – sie ist seine ultimative Lichtgestalt. Tragen Sie das Haar zu einem Knoten geschlungen wie eine kussmäulige Primaballerina. Seien Sie schüchtern und ein wenig distanziert, aber mischen Sie zur Sicherheit eine Prise Hilflosigkeit hinzu. (Wenn Sie zum Beispiel eine Kakerlake oder sonst etwas Geschmackloses sehen, dann täuschen Sie eine Ohnmacht vor und lassen sich wie die zerbrechliche Heldin irgendeines Gruselromans in seine Arme sinken.)

Fluchtverhalten: Der Legende nach begleiten sterbende Schwäne ihren herannahenden Tod mit exzessiver Theatralik, und auch das Schwanen-Männchen liebt es dramatisch, wenn es an Ihren Schwanen-Gesang geht. Gut möglich, dass er Sie verlässt, indem er Ihnen eine langstielige rote Rose und dazu ein auf eine verschmutzte Starbucks-Serviette geschmiertes Haiku auf die Türschwelle legt:

In deinen Augen
Trauer. Ich schlaf mit deiner
Freundin. Muss weinen.

Was für ihn spricht: Er gibt Ihnen das Gefühl, Dantes »Beatrice« oder Beethovens »Unsterbliche Geliebte« zu sein. Als seine Muse glauben Sie, dass Sie *tatsächlich* »hauchzartes Haar und Augen wie kostbarstes Lapislazuli« haben.

Die Unterarten

Der Einsame Dichter

(poeticus profeticus)

Dieser seelisch schwer verwundete Wortschmied verbringt seine Zeit mit dem Schreiben und Rezitieren von poetischen Texten, die entweder völlig unverständlich (stark dadaistisch beeinflusst) oder aber mit Klischees überfrachtet sind. (»Deine Liebe glitzert wie die Tropfen des Taus an den Blütenblättern der Orchidee.«) Jedes Ereignis in seinem Leben veranlasst ihn, ein Gedicht abzusondern. Bleibt eine voll besetzte U-Bahn im Hochsommer und ohne Klimaanlage mitten auf der Strecke stehen, dann zitiert er aus seinem Meisterwerk »Das Drängen der Menschheit«. Wenn Sie aus Versehen in einen Hundehaufen treten, dann rennt er nach Hause, um ein Sonett mit dem Titel »Haufenweise Natur« zu verfassen.

Tipp: Den Einsamen Dichter treffen Sie am ehesten in angesagten Underground-Cafés. Wenn Sie ihn ansprechen, dann kleiden Sie Ihre Worte unauffällig in fünfhebige Jamben. Da flippt er aus.

Lieder, die er mag: »Poetry Man« von Phoebe Snow, »Scarborough Fair« von Simon und Garfunkel, »Ich tanz auch allein« von Michelle, »Ich bin ja so allein« von Peter Kraus.

Was Vogel und Männchen eint

Die gefiederte Version dieser Gattung bindet sich für ein Leben, doch da setzt das Schwanen-Männchen andere Prioritäten. Monogamie empfindet er als schrecklich bourgeois.

Der Klassik-Schnäbler

(phil harmonicus)

Der Klassik-Schnäbler ist ein ernster, ruhiger Typ, der sich in erster Linie durch seine Musik äußert. Mit Hilfe eines abgebrochenen Bleistifts, den er für gewöhnlich hinter dem Ohr stecken hat, kritzelt er kleine Melodien auf Papierfetzen, nur um später voller Enthusiasmus über seinem Flügel oder Cello zu kauern und die Töne sowie die ganze Anspannung seines Lebens herauszulassen. Wenn er Ihnen ein privates Konzert gibt, schmelzen Sie entweder rettungslos dahin oder aber Sie verziehen angestrengt und dümmlich grinsend das Gesicht und beten, dass es so schnell wie möglich vorübergeht.

Tipp: Versuchen Sie, Interesse zu heucheln, wenn er ein neues Instrument wie zum Beispiel ein Glockenspiel oder ein Didgeridoo ausprobiert. Es handelt sich lediglich um eine Phase, die hoffentlich bald wieder vorbei ist.

Lieder, die er mag: »Bohemian Rhapsody« von Queen, »Sinfonie d'Amour« von Freddie Breck, »Liebeslieder« von André Rieu und seinem Johann-Strauss-Orchester.

Der Nixglotz

(te-vau nullus)

Der Nixglotz verweigert aufgrund seines erweiterten Bewusstseins den Besitz eines Fernsehers und ist daher auf schwer zu ertragende Weise unbeleckt vom Glanz und Glamour der Popkultur. Wenn sich auf einer Party das Gespräch um die neuesten Ereignisse in der Lindenstraße oder um Mr. Bigs Bedeutung für Carrie Bradshaws Liebesleben dreht, erkundigt er sich fortwährend, wer denn das nun wieder sei und worum es überhaupt gehe. Die Abende, die Sie bei ihm zu Hause verbringen, schleppen sich unendlich zäh dahin, während Sie Scrabble spielen oder Deutschlandfunk hören und sich damit »konstruktiv« die Zeit vertreiben.

In freier Wildbahn

Schroeder von den Peanuts
Ethan Hawke
Daniel Day-Lewis

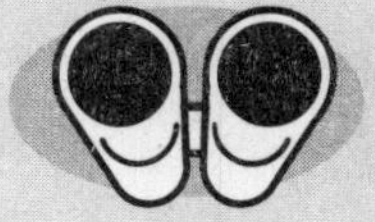

Tipp: Versuchen Sie gar nicht erst, ihn davon zu überzeugen, dass »Desperate Housewives« eine künstlerisch ausgesprochen wertvolle Sendung ist, die unbedingt gesehen werden muss. Anstatt pausenlos daran zu denken, was Sie jetzt gerade wieder verpassen, nur weil Sie mit ihrem Nixglotz zusammen sind, sollten Sie sich einen Festplatten-Videorecorder zulegen und ihn anbeten, als wäre er tatsächlich der Götze, für den Sie ihn halten.

Lieder, die er mag: Ganz bestimmt nicht »Money For Nothing« von den Dire Straits, in erster Linie wegen der Textzeile »I want my MTV«.

Futter!

Feigen, Roquefort und Absinth

Schwäne

und die Frauen, die Schwäne lieben ...

Wenn Sie sich in einen Schwan verliebt haben, dann gehören Sie zu den Frauen, die stundenlang durch Museen streifen können, jeden Nachmittag auf einer gedeckten Kaffeetafel bestehen und davon träumen, Ihre zukünftigen Kinder auf die Namen Tassilo-Kasimir und Adele-Amalia zu taufen. Als während Ihres Germanistik-Studiums die Romantiker behandelt wurden, da hatten Sie kurzfristig das Gefühl, bereits im Himmel zu sein. Seit jener Zeit fühlen Sie sich wie das einsame Röslein auf der Heide, das darauf wartet, gepflückt zu werden. Das ist auch einer der Gründe, weshalb Sie sich von der lyrischen Ader, der romantischen Ausstrahlung und dem intellektuellen Eifer eines leidenschaftlichen Schwans so angezogen fühlen. Genießen Sie die träumerische Unwirklichkeit des Ganzen, aber vergessen Sie nicht, dass ein Schwan sein makelloses Federkleid nicht durch Kontakt mit den fettigen Fingern der kommerzialisierten Welt beschmutzen möchte. Sollten Sie also nicht aus vollem Herzen entschlossen sein, Ihre Begeisterung für Reality-Shows, Fertiggerichte und Otto-Filme für immer aufzugeben, dann werden die beiden Königskinder (also Sie und der Schwan) wohl niemals zusammenfinden.

Hochwertige Kopfhörer, Spezialanfertigung
BYrds
Klassisches Rock-T-Shirt
Kuriertasche (Werbegeschenk anlässlich seines tausendsten Musik-Downloads)
Trommelstöcke für spontan improvisierte Luft-Schlagzeug-Einlagen

Kapitel fünf

Die Nachtigall

Es war die Nachtigall und nicht
die Lerche …

aus: William Shakespeare, *Romeo und Julia*

Die Nachtigall sang so schön, dass man
glauben konnte, alle schönen Melodien
der Welt steckten in ihrer kleinen Kehle.

aus: Hans Christian Andersen, *Der Schweinehirt*

Wacht auf! Es nahet gen den Tag.
Ich höre singen im grünen Hag
Ein wunnigliche Nachtigall.

aus: Hans Sachs, *Die Wittenbergisch Nachtigall*

Ob zischendes T*scha-Tscha-Tscha,* wütendes K*rie-Krie-Krie* oder nasales N*eeh-Neeh-Neeh,* das gesangliche Spektrum der mitteleuropäischen Nachtigall bietet einen Variantenreichtum, wie er sonst nur bei einer Vorausscheidung von »Deutschland sucht den Superstar« zu hören ist. Ähnliches lässt sich auch über die musikalischen Vorlieben des Nachtigallen-Männchens sagen – sie reichen von Acid-Jazz über Bluegrass und Flamenco bis hin zu Death Metal. Darüber hinaus sind Vogel und Männchen vom selben Lebensziel besessen: dem dringenden Bedürfnis, jedem nichts ahnenden, unschuldigen Ohrenpaar in ihrer Umgebung ihre Klänge aufzunötigen. Ob er nun die Bässe seiner Auto-Stereoanlage dröhnen lässt, eingeschüchterten Bekannten begeistert etwas auf der Gitarre vorschrubbt oder die nervtötenden Melodien seiner neuen »Die größten Musical-Hits aller Zeiten«-CD laut mitsingt – ein Musikus wie er weiß ganz genau, wie man die Weibchen zum Weinen bringt.

Federkleid: Wie ein Schwerkranker, der ohne Sauerstoffmaske zum sicheren Tod verurteilt wäre, so hängt das gewöhnliche Feld-, Wald- und Wiesen-Nachtigall-Männchen ohne Unterbrechung an einem Walkman beziehungsweise MP3-Player. In der Regel kleidet es sich in einer Art Independent-Rock-Aufmachung, trägt T-Shirts mit irgendwelchen Band-Namen über langärmeligen Sweat-Shirts und dazu eine trendige Zottelfrisur. Wobei ... es gibt durchaus auch Abweichungen. Manche Unterarten entscheiden sich zum Beispiel für eine konsequente Heavy-Metal-Aufmachung.

Verhaltensmerkmale: Die Nachtigall ist *die* Rampensau schlechthin. Als solche ist ihr nichts mehr zuwider, als einfach nur Zuhörer zu sein. Vielmehr tut sie so, als wäre sie ein Teil der Show, begleitet im White-Stripes-Konzert Jacks Solo mit der Luftgitarre oder spricht eine besonders bewegende Textpassage im »Phantom der Oper« Wort für Wort mit. Selbst im Alltag gönnt die Nachtigall sich keine Ruhepause, trommelt ausgedehnte Schlagzeugsoli auf dem Lenkrad, schlägt während des Essens mit dem Besteck den Takt oder summt die Dauerberieselung im Supermarkt mit.

Balz: Die Nachtigall fühlt sich zu Gefährtinnen hingezogen, die ein Ohr für musikalische Talente haben – besonders für seine. Um das Objekt seiner Zuneigung für sich einzunehmen, stellt er Mix-CDs zusammen, mit denen er gleichzeitig seine enorme musikalische Bandbreite demonstriert: von Bach über Beatles bis Bela B. Womöglich beglückt er Sie sogar mit einigen selbst geschriebenen Stücken, bei deren Klang Sie sich entweder wohlig in seiner Liebe räkeln oder aber ein schnelles Ende herbeisehnen werden.

Lebensraum: Örtlichkeiten mit guter Akustik haben magnetische Anziehungskraft auf Nachtigallen – Schallplattenläden genauso wie Konzertsäle,

Musikclubs oder das Hausboot der Kelly-Family. Wenn ein Nachtigall-Männchen behauptet, Backstage-Pässe für seine Lieblings-Band zu haben, dann bedeutet das meist stundenlanges Warten vor irgendeinem Lieferanteneingang in einer engen Seitengasse, inmitten einer Schar begeisteter, aber irgendwie auch Angst einflößender Groupies.

Nistplatz: Das Nest der Nachtigall ist nichts als Musik: breit gefächerte Musik-Bibliothek, High-End-Lautsprecher-Systeme, seltene Konzertplakate, eingerahmte LP-Hüllen sowie eine E-Gitarre plus Verstärker (natürlich Röhre) in der Ecke. Bei ihm läuft ununterbrochen Musik, auch wenn er gar nicht da ist, und sein Anrufbeantworter quillt über mit knurrigen Beschwerden von Nachbarn, die von seinen bevorzugt nächtlichen Jimmy-Page-Imitationen die Nase gestrichen voll haben.

Lockmittel: Verabschieden Sie sich von Sarah Connor und Marianne Rosenberg und fangen Sie stattdessen an, der Musik Ihres auserwählten Singvogels zu huldigen, besonders, wenn es um seine eigene Band geht. Wenn in Ihrem CD-Spieler »zufällig« sein Lieblingsalbum liegt, flippt er vor Freude aus. (»Oh, Wahnsinn, die finde ich auch sooo geil! Die späteren Sachen sind ja auch ganz gut, aber das frühe Zeug, Scheiße, das ist noch so ungebändigt, verstehst du, das *ist* es einfach.«) Zusätzliches Anschauungsmaterial erhalten Sie durch das Studium der Verhaltensweisen von Priscilla Presley und Gwyneth Paltrow, die sich beide ihre persönliche Nachtigall eingefangen haben.

Fluchtverhalten: Vielleicht fangen seine Band-Kollegen irgendwann an, Sie mit Yoko Ono zu vergleichen. Vielleicht beschließen Sie auch, mit Hilfe der Behauptung, Van Halen sei *mit* David Lee Roth besser gewesen als ohne ihn, Ihre Unabhängigkeit zu beweisen. So oder so, für ihn ist sofort klar, dass das der Schlussakkord war.

Was Vogel und Männchen eint

Die mit der Nachtigall eng verwandte Spottdrossel heißt deshalb so, weil sie den Gesang anderer Vögel, aber auch Hundebellen oder andere Geräusche nachäfft. Ganz ähnlich wie dieser unoriginelle Singvogel verhalten sich auch viele Nachtigall-Männchen, die mit irgendwelchen Cover-Bands auftreten und im Kielwasser genialer Sänger und Musiker mitschwimmen, ohne jemals auch nur eine einzige eigene Melodie hervorzubringen.

Was für ihn spricht: Wenn Sie mit einer Nachtigall zusammen sind, dann findet Ihr Leben tatsächlich hinter den Kulissen des Musikgeschäfts statt und Sie können fortan auf MTV und Viva verzichten. Nicht viele Menschen haben die Möglichkeit, Partys zu besuchen, bei denen irgendwann auch der Schlagzeuger von *Wir Sind Helden* auftaucht.

Die Unterarten

Der Lokale Star

(minihendrix oppidum)

Schon seit Jahren hat der Lokale Star vor, sich nach London oder New York abzusetzen, um dort endlich den »unausweichlichen« Platten-Deal klarzumachen. Bis dahin jedoch schlägt er seine Zeit damit tot, selbst gemachte Flugblätter an Laternenpfähle zu kleben, seine Anlage mit einem verbeulten VW-Bus durch die Stadt zu karren und im Keller oder in der Garage seiner Eltern zu üben. Er benimmt sich zwar so, als wäre er der zweite Keith Richards, spricht ständig über sein »Suchtproblem« und die Horden von Groupies, die mit ihm ins Bett gehen wollen, aber die Gage für seine Auftritte in irgendwelchen örtlichen Kneipen besteht in der Regel einfach aus Freibier.

Tipp: Und wenn er noch so vehement behauptet, er könne gleichzeitig eine Zigarette drehen, auf der Gitarre herumklimpern und mit Ihnen telefonieren … glauben Sie ihm kein Wort. Er hat lediglich die Gabe verfeinert, regelmäßig ein »Mm-hmm« in die Konversation einzustreuen.

Lieder, die er mag: »Music« von John Miles, »Music is my Life« von Felix Da Housecat.

Der Vinyl-Schwärmer

(high fidelitus)

Der Vinyl-Schwärmer birgt in seinem Inneren eine unverbrüchliche Loyalität gegenüber der Langspielplatte, ein Faible für verlotterte T-Shirts mit den Namen obskurer Bands sowie eine quasireligiöse Verehrung für die Velvet Underground. Angesichts der großartigen künstlerischen Verdienste von Jack Black und Tenacious D gerät er regelmäßig ins Schwärmen, doch wenn er sich in lang gezogenen Schimpftiraden über weichgespülte Format-Radiosender (»Teufelswerk«) und

MTV (»gequirlte Scheiße«) auslässt, schäumt er vor Wut. Der Vinyl-Schwärmer spielt zwar nicht selbst in einer Band, soll aber gelegentlich heimlich zu Hause Schlagzeug üben. Allerdings ist er zu schüchtern, um sich mit seinen Versuchen, den Meistern nachzueifern, an die Öffentlichkeit zu wagen.

Frauen, auf die sie stehen

Das Groupie Penny Lane aus dem Film *Almost famous – Fast berühmt*

Karrine Stephan, Tänzerin und Ex-Groupie

Tipp: Wenn er Sie nach Ihrer Lieblings-Band fragt, dann sollten Sie eine von dem Typen aus dem Independent-Plattenladen in Ihrer Nachbarschaft abgesegnete Liste zur Hand haben.

Lieder, die er mag: »Video killed the Radio Star« von den Buggles, »Radio Gaga« von Queen, aber auf gar keinen Fall »Too Old to Rock'n'Roll« von Jethro Tull.

Der Technopod

(zweiplattenspieler und einmikrophonium)

Der Technopod verbringt viele seiner wachen Stunden mit dem Downloaden elektronisch aufgemotzter Versionen von Soft-Rock-Standards wie zum Beispiel einem zwanzig Minuten langen Dance-Mix von »Total Eclipse of the Heart«. Live-Bands sind für ihn Schnee von gestern, da er mit Hilfe von Soundboards Ambient-Musik im Stil der Chemical Brothers produziert. Als unverzichtbarer Bestandteil von Vierundzwanzig-Stunden-Tanzpartys wirbelt sich der Technopod zu den immer gleichen, wummernden Beats des Synthesizers in einen tranceartigen Rauschzustand, um schließlich um sieben Uhr morgens mit immer noch schlingerndem Kopf ins Bett zu kriechen.

Tipp: Sollten Sie zu epileptischen Anfällen neigen, könnten die Stroboskop-Lichter und die Kopfschmerz auslösende Musik in seinen Lieblings-Clubs ein gewisses Gesundheitsrisiko darstellen.

Lieder, die er mag: »Robot (hardfloor mix)« von Sven Väth, »Can't Stop Raving« von Marusha, »Techno House Rave« von Brooklyn Bounce, alles von Kraftwerk.

Mr. Jazz-Hands

(musicus musicalicus)

Im Gegensatz zu den eher dumpfen Tönen zahlreicher Möchtegern-Rock'n'Roller verkörpert der Mr. Jazz-Hands die Verheißung von Glitzerwelt und Funkenrausch. Schon bei den Musical-Aufführungen seiner Schüler-AG spielte er immer die Hauptrolle und hatte, trotz seiner irgendwie neutral wirkenden Erscheinung, nie Probleme, an Verabredungen mit Mädchen zu kommen. In der Regel nahm er einfach die weibliche Hauptrolle mit zum Abschlussball. Er ist fest davon überzeugt, dass zur Kunst des Singens auch eine üüber-DEUT-lii-chee Aussprache gehört und kann seinen Gesang mit zarten Stepptanzschritten untermalen.

Tipp: Es mag Ihnen naheliegend erscheinen, aber gehen Sie nicht davon aus, allzu viele heterosexuell veranlagte Exemplare dieser Gattung vorzufinden.

Lieder, die er mag: »Mein Herr« aus Cabaret, »Ein Amerikaner in Paris« komplett.

Nachtigallen

und die Frauen, die Nachtigallen lieben ...

Ob vom Disco-Fieber infiziert oder ein schwerer Fall von Memphis-Blues, das Nachtigall-Männchen hat allem Anschein nach noch nicht mitbekommen, dass es auch eine Stopp-Taste gibt. Es summt ununterbrochen vor sich hin und pflanzt Ihnen irgendwelche Melodien in den Kopf. Vielleicht wird es Ihnen ja irgendwann zu viel, rund um die Uhr Nenas »Alles was du willst« im Ohr zu haben, und Sie wollen diesen Preis nicht mehr bezahlen. Nehmen Sie sich doch bitte noch einen Augenblick Zeit, um darüber nachzudenken. Es hat durchaus etwas für sich, mit dem Mann zusammen zu sein, nach dem sich jede andere Frau im Publikum die Seele aus dem Leib kreischt. Wer weiß, vielleicht bekommen Sie sogar ein eigenes Lied gewidmet, wie »Carrie« von Europe oder »Carmen« von Bap. Vielleicht liegt Ihnen ja etwas daran, ebenfalls Berühmtheit zu erlangen, vielleicht stehen Sie auch einfach auf seine engen Lederhosen, in denen er eine solch aufregende Ähnlichkeit mit Jim Morrison hat. Warum auch immer, solange Sie ihn bei der Ausübung seiner Leidenschaft unterstützen, besteht keine Gefahr, dass Ihre Beziehung ein Eintagsfliegen-Hit bleibt.

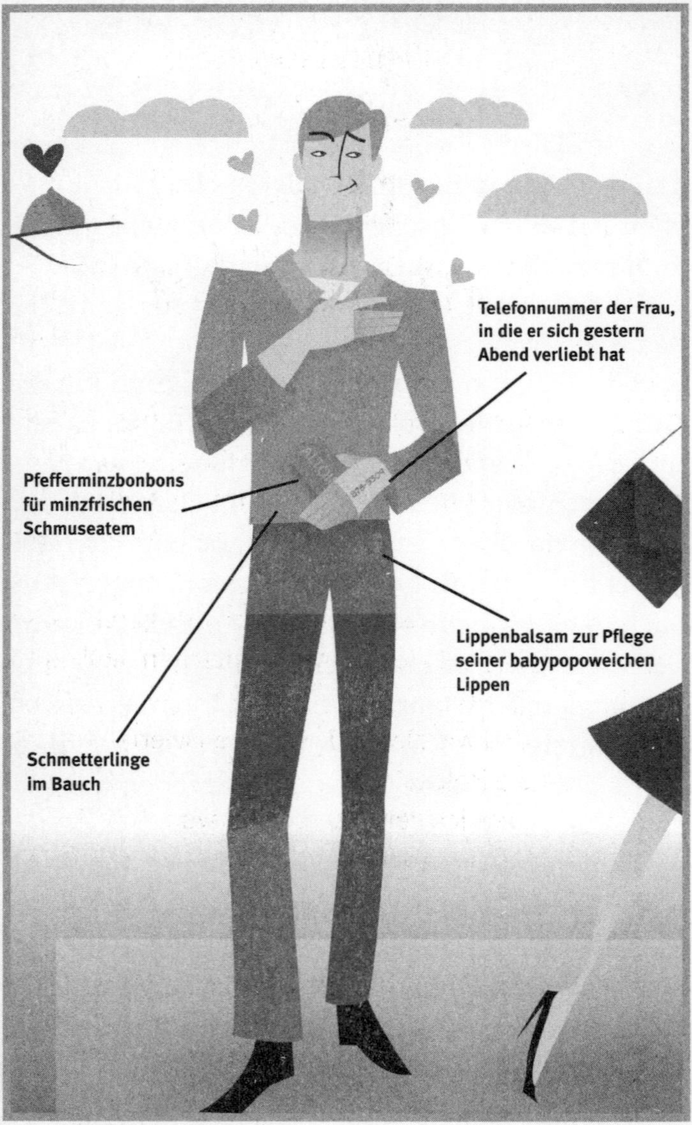
Telefonnummer der Frau, in die er sich gestern Abend verliebt hat
Pfefferminzbonbons für minzfrischen Schmuseatem
Lippenbalsam zur Pflege seiner babypopoweichen Lippen
Schmetterlinge im Bauch

Kapitel sechs

Die Turteltaube

Die Turteltaube ist dem Gefährten,
der mit ihr in denselben Käfig
gesperrt ist, hundertprozentig treu.

Will Cuppy

Mein Turteltäubchen, wenn es guter Laune,
Beginnt zu gurren, zu zwitschern und zu
raunen;
Und wie sie gurrt, so liebenswert,
die Holde,
Dass ich kein Wörtchen davon
missen wollte.

Adam Mickiewicz

Die Turteltaube ist der Inbegriff der romantischen Liebe und Treue. Sie hat eigentlich nichts anderes im Sinn, als sich voller Zärtlichkeit an ihren Partner anzukuscheln und ihm liebevolle Nichtigkeiten ins Ohr zu gurren. Aber aufgepasst: Wer sich zu dicht an ein anderes lebendiges, atmendes Wesen anschmiegt, läuft Gefahr, erdrückt zu werden. Und genau das ist bei Turteltauben-Männchen, jenen naiv-weltfremden, blauäugigen Romantikern, der Fall. Zugegeben, es kann sehr schmeichelhaft sein, dreiundvierzig rote Rosen ins Büro geschickt zu bekommen (weil Sie sich vor genau dreiundvierzig Tagen kennen gelernt haben!). Und ehrlich gemeinte Liebeserklärungen in gekonnter lyrischer Form können durchaus etwas sehr Anrührendes sein. Aber seien Sie gewarnt: Eine Turteltaube macht Sie entweder krank vor Liebe, Sehnsucht und Glück oder aber – je nachdem, wie viele vielseitige Liebesgedichte und Teddybärenblumengestecke Sie ertragen können – einfach nur krank.

Federkleid: Turteltauben kommen in allen Formen und Größen vor, als Ritter auf weißen Rössern genauso wie als einer der sieben Zwerge. Was sie alle, unabhängig von ihrer äußeren Erscheinung, eint, ist der naive und schwärmerische Blick, der den Eindruck vermittelt, als hätte Amors Pfeil sie gerade in diesem Augenblick mitten ins Herz getroffen. Sie treten meist als Teil eines Paares auf und halten mit der Hand und/oder Zunge direkten körperlichen Kontakt zu ihrer Gefährtin.

Verhaltensmerkmale: Turteltauben verfügen über die natürliche Gabe, jederzeit ausführliche und vollkommen sinnentleerte romantische Phrasen absondern zu können. Daher besitzen sie hervorragende Qualifikationen für die Arbeit als Schlagertexter oder als Moderator von Volksmusik-Sendungen. Sie sind in erster Linie verliebt in die Idee der Liebe und nicht unbedingt in eine bestimmte Frau. Daher treten Turteltauben auch äußerst selten als Single auf – es passt einfach nicht zu ihnen, ohne »Liebste« zu sein. In Partnerschaften gilt für diese Gattung nur das Motto: Ganz oder gar nicht. Er würde nicht einmal im Traum daran denken, einen Abend lang mit seinen Kumpels um die Häuser zu ziehen. Wie gesagt: Ganz oder gar nicht. Ganz abgesehen davon, dass er sowieso keine Kumpels hat. Alles, was er braucht, sind Sie!

Balz: Turteltauben sind wie Kaugummi: Ehe Sie sich versehen, klebt Ihnen eine an der Hacke und Sie werden sie nicht mehr los, ob Sie wollen oder nicht. Die meisten lassen schon beim dritten Treffen das große Wort mit »L« fallen und beim sechsten denken sie sich Namen für Ihre ungeborenen gemeinsamen Kinder aus (»Vinzent? Madeleine?«). Wundern Sie sich nicht, wenn Sie eines Tages feststellen, dass er schon diverse Male verlobt war.

Das bringen sein ungezügelter Enthusiasmus und sein mangelhaftes Urteilsvermögen bei der Wahl seiner Partnerinnen eben mit sich.

Lebensraum: Man findet die Turteltaube eigentlich nur in Begleitung einer Geliebten – Lippe an Lippe in irgendwelchen Kinosälen, eng umschlungen auf einer Decke im Park oder – in einer Szene, die eins zu eins aus dem Disney-Klassiker »Susi und Strolch« stammen könnte – beim Italiener, wo Strolch seine Susi mit Spaghetti füttert und sie beide gleichzeitig an derselben Nudel saugen.

Nistplatz: Hier haben wir also das einzige Männchen vor uns, das nicht nur schöne Bilderrahmen kauft, sondern sie auch benutzt. Voller Bedacht hat er dafür die bewegendsten Fotos von Ihrer gemeinsamen Mittelmeerkreuzfahrt, damals Silvester 2002, ausgesucht. Flauschige Kissen und seidene Laken lassen seinen Bau zu einem beeindruckenden Liebesnest werden. Wenn er gerade in einer festen Beziehung lebt, dann hat er gar nichts dagegen, wenn seine Süße dem Ganzen in Form von riesigen Duftkerzen und Schalen mit allerhand Krimskrams eine feminine Note verleiht.

Lockmittel: Beste Chancen haben Sie, wenn Sie als Tochter seines Erzfeindes oder im falschen Stadtviertel aufgewachsen sind. Die tragische Faszination und die Herausforderungen einer unglücklichen Liebe ziehen ihn magisch an wie das Licht die Motten.

Fluchtverhalten: Genau wie ihre geflügelten Brüder binden sich auch die Turteltauben-Männchen am liebsten für ein ganzes Leben. Dabei ist es ihnen völlig egal, was die anderen davon halten, besonders all die unbeteiligten Passanten, die sie mit ihren öffentlichen Knutsch- und Fummel-Orgien regelmäßig vor den Kopf stoßen. Wenn aber seine Partnerin eines frühen und tragischen Todes stirbt oder einfach keine Lust mehr hat, sein »Sinn des Lebens« zu sein, dann sucht er sich nach einer kurzen Trauerphase sofort die nächste verfügbare Begleiterin.

Was für ihn spricht: Er gibt Ihnen das Gefühl, voll und ganz und durch und durch und ohne jede Einschränkung geliebt zu werden. Außerdem – irgendjemand *muss* ja den Mythos vom Märchenprinzen am Leben erhalten.

Was Vogel und Männchen eint

Eine Turteltaube als Haustier zu haben, kann eine sehr beglückende Erfahrung sein – solange man sie nicht zu einem kleineren Vogel in den Käfig setzt. Da sie ein ausgeprägtes Bedürfnis zu zupfen und zu picken hat, kommt es immer wieder vor, dass sie andere Vögel verletzt oder sogar umbringt. So ist es auch durchaus denkbar, dass ein besonders hingerissenes Turteltauben-Männchen Ihnen so zwanghaft übers Haar streichelt und an Ihrem Ohrläppchen nuckelt, dass Sie sich auf nichts anderes mehr konzentrieren können.

Die Unterarten

Der Schamlose Quassler

(flirtus penetrantus)

Der Schamlose Quassler kann einfach jede Frau glauben machen, sie sei der Sinn seines Lebens und der Quell seiner Erkenntnis gleichermaßen. Selbst die verbittertsten und misstrauischsten unter uns sind nicht immun gegen seinen verwegenen Charme und sein anbetungswürdiges Grinsen und seufzen bereits zehn Minuten nach dem ersten Kennenlernen wie die liebeskranke Heldin eines Courts-Mahler-Romans. Allerdings müssen Sie trotz des anfänglich fieberhaften Interesses damit rechnen, dass Sie in dem Augenblick, wo Sie sich ihm öffnen, ein Schweigen ernten, das nur dem atomaren Winter vergleichbar ist. Ihm geht es immer nur um die Jagd.

Tipp: Nein, nein, das ist kein nervös-zwanghaftes Augenzucken. Das ist nur der pausenlos zwinkernde Schamlose Quassler. Gleich formt er mit seinen Lippen ein verführerisches »Hallo«, als wäre er direkt einem Siebziger-Jahre-Porno entsprungen.

Lieder, die er mag: »Lass mich dich lieben« von den Klostertalern, »Millionen Frauen lieben mich« von Karl Dall, »Zieh dich aus, kleine Maus« von Mickey Krause.

Der Determinator

(resignatus niemalus)

Wie ein wild gewordener Selbsthilfe-Guru glaubt der Determinator an die Kraft des Positiven Denkens, wenn es um Beziehungen geht – ganz egal, ob es auf Gegenseitigkeit beruht oder nicht. Wenn Sie sich zähneknirschend zu einem kleinen Bier in der nächstgelegenen Kneipe breitschlagen lassen, bringt er Ihnen Dessous mit. Subtile Abschreckungstaktiken wie zum Beispiel unerwiderte Anrufe oder die Ausdehnung des Spam-Schutzes auf seine E-Mails interpretiert er als Ausdruck Ihrer Schüchternheit.

Tipp: Lassen Sie bei der Zurückweisung eines Determinators keine Fragen offen. Selbst beim kleinsten Hoffnungsschimmer (»Wenn Weihnachten und Ostern auf einen Tag fallen …«) kniet er noch jahrelang auf Ihrer Fußmatte.

Lieder, die er mag: »Liebe mich« von Howard Carpendale, »I'm Gonna Make You Love Me« von den Supremes, »Wollt ihr mich nun lieben« aus Madame Butterfly von Giacomo Puccini.

Der Frivole Fummelkönig

(liebero coram publiko)

Der Frivole Fummelkönig und seine Gespielin benehmen sich, als wäre jeder Augenblick der letzte, der ihnen noch bleibt. Sie sitzen aneinander geklammert beim Sonntags-Brunch im Café, umarmen einander ausführlichst auf dem Flughafen (obwohl sie denselben Flug gebucht haben) und versuchen, sich gegenseitig mit extravaganten Liebeserklärungen zu übertrumpfen. (»Ich liebe dich bis zur Unendlichkeit.« »Und ich liebe dich bis zum Ende der Unendlichkeit!«) Gut möglich, dass Sie ihn und seine Partnerin im Gemüseladen beim Petting, während einer Literatur-Lesung mit zusammengesteckten Köpfen Süßholz raspelnd oder während einer Beerdigung beim zweisamen Kichern erwischen.

Tipp: An dieser Stelle muss darauf verwiesen werden, dass der Frivole Fummelkönig auch eine Königin braucht. Zum Fummeln gehören immer zwei.

Lieder, die er mag: »Love in an Elevator« von Aerosmith, »Wir wollen nie mehr auseinandergeh'n« von Michael Jary.

In freier Wildbahn

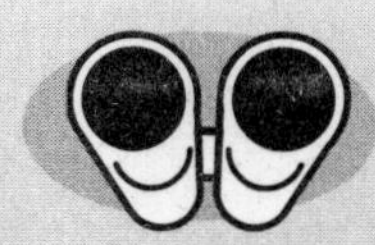

Shakespeares Romeo
Ritter Lanzelot
Humphrey Bogart in *Casablanca*
Seth Cohen aus *O.C. California*
Der kleine Zinnsoldat

Dem Jungmännchen auf der Spur

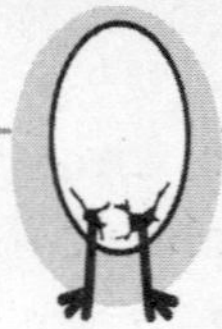

Schon vor seiner ersten schüchternen Teenager-Liebe hat das Turteltauben-Männchen davon geträumt, seine Babysitterin zu heiraten. Als Zeichen seiner immerwährenden Ergebenheit hat er ihr Gedichte geschrieben und ihr sein Lieblings-Fußballsammelbild geschenkt. Seine allererste »Freundin« war jedoch Feli Filu aus der *Sesamstraße*.

Turteltauben

und die Frauen, die Turteltauben lieben …

Falls Sie auf der Suche nach einer Turteltaube sind, dann leiden Sie wahrscheinlich unter einer Art Märchenprinz-Komplex. Sicher ist jedenfalls, dass Sie fest an die wahre Liebe auch außerhalb von romantischen Komödien glauben und wild entschlossen sind, nicht locker zu lassen, bis Sie sie gefunden haben, und zwar mit allem Drum und Dran, einschließlich der dazugehörigen zwölf roten Rosen und der Pralinenschachtel. Mal ehrlich, welche Frau hat noch nie davon geträumt, sich dem zärtlichen Leonardo Di Caprio aus *Ti-*

tanic hinzugeben, selbst wenn sie dafür einen schießwütigen Ex-Verlobten, einen Schiffsuntergang und eine schlimme Unterkühlung in Kauf nehmen müsste? Ihr starrköpfiges Verlangen, vom Kopf bis zu den Zehenspitzen geliebt zu werden, als genau die liebenswürdige Erscheinung verehrt zu werden, die Sie sind, verleiht Ihnen ein Selbstvertrauen und eine Zielstrebigkeit, die Sie auch jede Menge mieser Typen überstehen lassen. Wenn dann die einzig wahre Turteltaube in Ihr Leben tritt, dann ist es doch nur logisch, dass Sie ihm Ihre große Liebe immer und überall zeigen – neidische Gaffer hin oder her.

Die immer gleichen Bartstoppeln
Abgetragene Lederjacke (genauso mitgenommen wie seine einsame Seele)
Erschöpfter Blick, aus dem zahllose schlaflose Nächte sprechen
Mundharmonika, auf der er in kalten Winternächten melancholische Dylan-Weisen spielt

Kapitel sieben

Die Nachteule

Es war die Eule, die da schrie,
der Todesbote,
Der grässlich »gute Nacht« entbietet.

aus: William Shakespeare,
Macbeth

Eulen und Licht vertragen sich nicht.

Deutsches Sprichwort

Komm, traurige Eule, Bote des Leids,
Vogel der Melancholie, Gefährte
der Verzweiflung,
Bester Freund der Sorge und Feind
der Heiterkeit,
Dein Beitrag nährt den Kummer.
O komm, arme Eule, und klag mir
Dein Leid.
Hab ich's vernommen, so klag ich
Dir meins.

Robert Jones

In nächtlicher Runde am Lagerfeuer ist manchmal, fast unhörbar unter dem Rascheln der Zweige und dem Heulen des Windes, folgender Ruf zu vernehmen: »Huhu? Huhu? Huhu?« Es handelt sich dabei um den einsamen Schrei der Nachteule, die auf ihrer existenziell aufwühlenden und melodramatischen Suche nach Sinn und Gemeinschaft die Dunkelheit durchstreift. Auch das Nachteulen-Männchen stößt diese einsamen Klagelaute einer verkannten Persönlichkeit hervor – verstoßenes Genie, markanter Einzelgänger, glutäugiger Prophet und, seien wir ehrlich, der alles in allem durchgeknallteste Vertreter der gesamten Männchenwelt. Gut möglich, dass Ihre Mutter den künstlerischen Wert seiner Tätowierungen (»Besser als das meiste Zeug im Louvre«) nicht recht zu würdigen weiß. Und Ihr Vater will wahrscheinlich gar nicht erst erfahren, dass er Gründungsmitglied des »Chaos Computer Clubs« ist. Aber wenn Sie die harte Schale, gebildet aus menschenfeindlichem Verhalten und einer Vorliebe für Feiern während der Geisterstunde, erst einmal durchdrungen haben, dann kommt darunter eine waidwunde Seele zum Vorschein, die verzweifelt aus dem Schatten in das strahlend helle Licht Ihrer Liebe geführt werden möchte.

Federkleid: Nachteulen wissen die Anonymität zu schätzen, die ihnen ihr dunkles Gefieder verleiht, also greifen sie zu schwarzen Jeans, gebrauchten Flanell-Hemden und Arbeits- oder Kampfstiefeln. Zu dieser instinktiven Antipathie für alles, was irgendwie mit Tageslicht zusammenhängen könnte, passt auch, dass sie einen permanenten Bartschatten im Gesicht tragen. In seinem Schrank können Sie so lange suchen, wie Sie wollen, Sie werden kein einziges passendes Kleidungsstück für ein Bewerbungsgespräch oder eine Cocktail-Party finden.

Verhaltensmerkmale: Eine Nachteule lebt praktisch rund um die Uhr in vollkommener Isolation. Die meisten haben sich schon frühzeitig in die Einsamkeit begeben, nachdem sie in ihrer Kindheit ununterbrochen irgendwelchen Anfeindungen ausgesetzt waren, nur weil sie anders waren als die anderen – zum Beispiel die totale Ächtung durch die Mitschüler, weil ihr Vater Fan der Offenbacher Kickers war. Aufgrund dieser Erfahrung betrachten Nachteulen den Rest der Menschheit als nichtswürdige Gestalten, die es nicht wert sind, dass man ihnen seine Zeit opfert. Darüber hinaus haben sie sich zum Schutz ihres verletzlichen, kindlichen Innersten eine harte Schale der Verachtung zugelegt. Gehen Sie also nicht davon aus, dass Ihre Familie und Freunde mit einer Nachteule warm werden: Während Sie selbst in ihm einfach nur den Missverstandenen sehen, erleben die anderen ihn eher als distanziert, beleidigend oder sehen in ihm vielleicht sogar einen potenziellen Serienkiller.

Balz: Ob sie nun durch jahrelange Einsamkeit verhärtet sind oder einfach nur an übermäßigem Körpergeruch leiden, in jedem Fall lassen Nachteulen mögliche Gefährtinnen nur sehr zögerlich an sich heran. Stattdessen picken sie sich diejenigen heraus, die ein ähnlich menschenscheues Verhalten an den Tag legen wie sie und akzeptieren diese Begleiterin zähneknirschend, während sie insgeheim aus der Ferne ihre Traumfrauen anschmachten: Sarah Michelle Gellar und ihre Freundinnen aus »Buffy – Im Bann der Dämonen« oder attraktive Opernstars wie Anna Netrebko. Falls es dennoch zu einem zweisamen Rendezvous kommen sollte, dann erwarten Sie nicht das Übliche (romantisches Dinner bei Kerzenlicht und Rosen), sondern stellen Sie sich auf atemberaubende, vielleicht sogar ein wenig beängstigende, künstlerisch angehauchte Gesten der Zuneigung ein. Gut möglich, dass er sich Ihren Namen hundertmal mit schwarzer Tinte auf die nackte Haut schreibt.

Lebensraum: Nachteulen sind Einzelgänger, die Menschenansammlungen meiden, so gut es geht. Einzelne, isoliert vor sich hin lebende Exemplare findet man zum Beispiel in riesigen Fabriketagen verlassener Industrieruinen oder tief im Wald in irgendwelchen Blockhütten, die den Charme des Wahnsinns atmen. Wenn sie sich doch einmal an die Öffentlichkeit wagen, dann bevölkern sie Edward-Hopper-artige Schnellrestaurants und unternehmen lange Reisen durch die Wüste auf einem Pferd ohne Namen.

Nistplatz: Die Nachteule ist, genau wie ihr gefiederter Bruder, ein Nistplatz-Opportunist, der sich mit allem arrangieren kann, was gerade zur Verfügung steht, solange es Schutz vor den Elementen bietet. Die Einrichtung besteht aus einer durchgelegenen Matratze auf dem Fußboden, einer schlichten Dusche ohne Duschvorhang, überquellenden Aschenbechern, Büchern im Exil lebender Schriftsteller und einem Gas-Radiator – der aufgrund fehlender Zentralheizung oder unbezahlter Stromrechnungen notwendig geworden ist.

Was Vogel und Männchen eint

Als Außenseiter der Vogelwelt wird die Eule permanent gemobbt: Ganze Schwärme kleiner Vögel rotten sich zusammen und zwicken, picken und quälen den weisen alten Kerl so lange, bis dieser die Gegend verlässt. Ganz ähnlich waren auch die meisten Nachteulen-Männchen als kleine Jungen den Nachstellungen ihrer Klassenkameraden ausgesetzt. Oft wurden sie lediglich deshalb zu Opfern, weil sie ein wenig zu viel Begeisterung für das kleine Einmaleins gezeigt oder auf dem Schulhof die Freundin des Fabrikantensprösslings geküsst haben.

Lockmittel: Das Nachteulen-Männchen macht sich niemals selbst auf Partnersuche, sondern wird seinerseits gesucht. Sie müssen ihn behutsam und mit einfachen, leicht verständlichen Gesten aus der Dunkelheit locken. Laden Sie ihn zum Beispiel zu einem Andrej-Tarkowsky-Filmfestival ein oder bieten Sie ihm eine Nelken-Zigarette an, wenn seine Packung leer ist.

Fluchtverhalten: Irgendwann gesteht er Ihnen seine Liebe. Am nächsten Abend »vergisst« er Ihre Verabredung absichtlich, aus lauter Angst, er könnte von einem anderen Menschen abhängig werden. Dann zieht er sich wieder auf vertrautes Terrain zurück und mimt den einsamen Fels in der Brandung.

Was für ihn spricht: Die missbilligenden Blicke der Organisatorinnen Ihres zwanzigjährigen Abi-Treffens, wohin Sie ihn während einer besonders depressiven Lebensphase mitschleppen. (Diese angepassten Zicken konnten Sie sowieso noch nie leiden.)

Die Unterarten

Der Desperado

(adeptus johnwayneium)

Aufgrund einer schmerzhaften Vergangenheit (wie zum Beispiel dem tragischen Tod seiner jungen Verlobten) ist das Herz des Desperados auf immer versteinert und er sucht Trost bei den rauen Elementen. Also lebt er irgendwo in einer einsamen, unwirtlichen Umgebung, wäscht sich in eisigen Gebirgsbächen und fährt einen rostigen Jeep. Sein einziger Gefährte ist ein Hund namens Atze. Jeden Tag von neun bis siebzehn Uhr steht er in einem Schweinezuchtbetrieb oder als Waldarbeiter seinen Mann, nur um anschließend in der einzigen Kneipe der näheren Umgebung zu versacken. Dort gehört er praktisch zum Inventar und bekommt von Paul, dem wettergegerbten Wirt, Schnaps auf Kosten des Hauses ausgeschenkt.

Tipp: Sie glauben vielleicht, Sie seien genau die Frau, die ihm die Liebe schenken kann, die er so verzweifelt sucht, aber die meisten dieser Typen sind schwerer zu knacken als jeder Banktresor und haben obendrein ein gebrochenes Herz sowie problematische Ansichten zur Frage der Gleichberechtigung der Geschlechter im Gepäck. (»Holz hacken ist Männersache!«)

Lieder, die er mag: »Einsamkeit hat viele Namen« von Christian Anders, »Helden sterben einsam« von Michael Wendler, »Nature Boy« von Nat King Cole, »Feine Waldschrat Trinklieder, Vol 1 und 2« von Waldschrat.

Der Einsame Künstler

(ohrab wahnwitz)

Der Einsame Künstler vernimmt die Sirenengesänge seiner Muse zu jeder nächtlichen Stunde und folgt ihnen auch. Dabei kommt er mit einer Stunde Schlaf aus – eine überirdisch erscheinende Fähigkeit, deren Ursache durchaus auf die Wirkung mäßiger Amphetamin-Gaben zurückzuführen sein kann, aber nicht muss. Was nicht bedeutet, dass er nicht auch düstere Augenblicke erlebt. Gut möglich, dass er gerade eben noch – von Tränen der Freude übermannt – vor seinem neuesten Werk gestanden hat, nur um es im nächsten Augenblick mit dem Schlachtermesser zu zerstören und sich in zuckenden Krämpfen auf dem Boden zu winden. Als wahrer Verfechter der These, dass Kunst immer auch politisch ist, weigert sich der Einsame Künstler standhaft, irgendeine seiner Schöpfungen zu verkaufen. (»Das Genie darf sich nicht vom Kapitalismus korrumpieren lassen!«)

Tipp: Nur drei Worte: Professor Jörg Immendorff (oder auch: Hotel, Kokain, Huren). Leidenschaftliche Künstler sind miserable Lebenspartner.

Lieder, die er mag: »Paint It Black« von den Rolling Stones, »Van Gogh« von Rass Kass, aber sicherlich nicht »Bunt, bunt, bunt sind alle meine Kleider«.

Der Hacker

(conspirator SteuerungAltEntfernium)

Der Hacker gehört zum festen Bestandteil von Uni-Computerzentren und Internet-Cafés. In der Online-Community kennt man ihn unter seinem Spieler-Pseudonym Yoda_MeisterderMagier. Er trägt Heavy-Metal-T-Shirts und eine praktische Brille und an seinem Gürtel baumeln, wie an einem Pistolengurt, jede Menge Piepser und Handys, als wäre er Gary Cooper in einer High-Tech-Version von *Zwölf Uhr mittags*. Seine Nächte verbringt er entweder mit dem Download alter *Simpsons*-Folgen oder aber mit fieberhaften Online-Chats. Dann erscheint seine nur vom Bildschirm beleuchtete Silhouette als einsame Gestalt hinter den ansonsten vollkommen dunklen Fenstern seines Elternhauses.

Tipp: Sie brauchen gar nicht erst zu versuchen, den Hacker mit den neuesten modischen Entwicklungen zu beeindrucken: Kleiden Sie sich einfach wie Scully aus Akte X oder tragen Sie ein Prinzessin-Lea-Cape, dann frisst er Ihnen aus der Hand.

Lieder, die er mag: »Computerliebe« von Das Modul, »Hip to Be Square« von Huey Lewis, »I Am the Walrus« von den Beatles, den Soundtrack von »Raumschiff Enterprise«.

Der Solitär

(zweisindeinerzuvielus)

Der Solitär braucht keine Clique, um sich in der Öffentlichkeit wohl zu fühlen. Nicht genug damit, dass er Kneipen, Restaurants und Kinos alleine aufsuchen kann, es ist ihm sogar lieber so. Sie finden ihn meist bei der intensiven Betrachtung eines Schachbretts in verrauchten, düsteren Cafés. (Nur so als Frage: *Wer* und *wo* ist eigentlich sein Spielpartner?) Oder aber er lungert in der Ecke irgendeines 24-Stunden-Schnellrestaurants herum und liest komplexe theoretische Abhandlungen, während eine Neon-Reklame in regelmäßigen Abständen Schatten auf seine wohlgeformten Wangenknochen wirft.

Zum tieferen Verständnis

Das Phantom der Oper
Edward mit den Scherenhänden
Theo gegen den Rest der Welt
Batman
Der Glöckner von Notre-Dame

Tipp: Er verabscheut kokettes Klein-Mädchen-Gehabe, also vergessen Sie Ihre Schüchternheits-Masche. Falls Ihr eng geschnittener Rock und Ihre hochhackigen Pumps Sie daran hindern, sich auf den Sozius seines Motorrades zu schwingen und mit ihm in die schwarze Nacht zu fahren, dann lässt er Sie sowieso im Regen stehen.

Lieder, die er mag: »Eine Nacht, die niemals endet« von Koma, »I Wear My Sunglasses at Night« von Corey Hart, »Stop, I'm already dead« von Deadboy and the Elephantmen.

Futter!

Nachteulen-Männchen ernähren sich ausschließlich von löslichem Kaffee und Nikotin und verzichten freiwillig auf alles, was ihre Stimmung aufhellen könnte.

Nachteulen

und die Frauen, die Nachteulen lieben ...

Wenn Sie tatsächlich glauben, Sie könnten mit einer Nachteule eine funktionierende Beziehung führen, dann besteht eine gewisse Wahrscheinlichkeit, dass Sie in den bewusstseinsbildenden Jahren Ihrer Kindheit einen oder auch hundert Western zu viel gesehen und daher einen grenzenlos naiven Optimismus entwickelt haben. Vorsichtig ausgedrückt: Eine Beziehung mit einer Nachteule ist kein Zuckerschlecken. Man braucht dazu die Geduld von Penelope Simpson, einen Hang zu menschenfeindlichen Spinnern (in schön ausgeprägter Form bei Winona Ryder zu beobachten) und eine Entschlossenheit, wie sie nur die zielstrebigsten aller Superheldinnen an den Tag zu legen vermögen. Aber wenn Sie der Typ Frau sind, der sich von der geheimnisvoll-mystischen Aura eines schweigsamen, tiefsinnigen und vom Rest der Welt geächteten Denkers fesseln lässt, dann füllen Sie Ihre Vorräte an Aufputschmitteln auf und stellen Sie sich auf stundenlange träumerische, intime Gespräche und nächtliche Spaziergänge im Nieselregen mit Ihrer Nachteule ein.

Baseball-Mütze aus dem Fanshop des derzeit angesagtesten Gangster-Rappers
49¢
Verdrehter Hals und aufgerissene Augen, um den letzten Schrei nicht zu verpassen
Kabbalah-Armband – hat Madonna schließlich auch ...
the hip male
the hip male
what is hip!!
music 2 conform 2
Designer-Boxer-Shorts, die genauso weit über den Bund der tief geschnittenen Jeans ragen, dass man den Markennamen lesen kann
MODERN GUY
MODERN GUY

KAPITEL ACHT

Der Papagei

Der Papagei ist der klügste Vogel, welchen wir kennen, bleibt aber immer Affe, launenhaft, wetterwendisch.

aus: Alfred Brehm, *Tierleben*

Über eine Spur von Geist in einem Mann freuen wir uns ebenso wie über ein paar Worte, die ein Papagei richtig herausbringt.

Italienisches Sprichwort

Reden ist Silber. Der Papagei mag zwar der Liebling der Vogelwelt sein, weil er Dinge wie »Hallo, Polly« oder »Braver Junge, braver Junge« zum Besten geben kann, aber niemand würde ernsthaft versuchen, ihn in eine intellektuelle Debatte oder ein Streitgespräch zu verwickeln. Er ist ein Plappermaul, der lediglich ausgelutschte Phrasen von sich gibt, ohne einen Schimmer von deren Bedeutung zu haben. Das Papageien-Männchen ist nichts weiter als eine Mimikry-Maschine aus Fleisch und Blut. Er verbreitet ausschließlich die Gedanken und Ideen anderer und springt auf jeden Zug auf, der in seiner Nähe vorbeirumpelt. Sicher, er weiß sich zu bewegen, kennt sämtliche Mode- und sonstigen Trends und ist auch sprachlich (»voll krass, Alter«) immer auf der Höhe der Zeit. Aber lassen Sie sich nicht täuschen: Dieser virtuose Kopist würde keinen einzigen Atemzug machen, ohne sich vorher zu vergewissern, dass alle anderen dasselbe tun.

Federkleid: Der Papagei ist ein Sklave der aktuellsten Modeströmungen und als Marken-Hure immer im Trend und dabei sehr flexibel: Was zieht der Rest seiner Clique an, ganz zu schweigen von den »Promis«, die er eifrig nachahmt? Ist es heute eine original Von-Dutch-Mütze, sind es am nächsten Tag schon Pinguin-T-Shirts in allen Farben des Regenbogens. Früher hat er die Stachelfrisur (Ich bin in einer Boy-Band!) erfolgreich kopiert und war eine Zeit lang nur mit Skateboard anzutreffen (ohne sich allerdings jemals draufzustellen). Genau wie ein Vogel kann auch das Papageien-Männchen seinen Hals in beide Richtungen über 180 Grad drehen und tut dies auch ständig, so dass er pausenlos die Aufmachung der anderen im Auge hat. (»Hey, Mann, wo hast du denn diese silbernen Pumas her?«)

Verhaltensmerkmale: Der Papagei läuft immer der Herde hinterher und bezieht seine Inspiration ausschließlich von anderen. Fasziniert vom Lebensstil der Prominenten möchte er am liebsten genau das machen, sagen und tragen, was auch die Schönen, Reichen und Berühmten machen, sagen und tragen. Wenn Sie einmal darauf achten, dann merken Sie schnell, dass er wie ein Echo genau die Sätze wiederholt, die Sie Tage oder gar nur Stunden zuvor aus dem Mund eines seiner Kumpels gehört haben. Außerdem verbreitet er intellektuellen Dünnpfiff, den er in einem Bestseller gelesen oder in irgendeiner Fernsehsendung aufgeschnappt hat – was er natürlich vergisst zu erwähnen. (»Nun ja, ich habe ja schon immer gesagt, dass die atomare Bedrohung so lange äh, zunehmen wird, bis sich das Verhältnis zwischen Pakistan und Indien irgendwie, na ja, entspannt eben.«)

Balz: Sobald seine Freunde sich Freundinnen zulegen, tut er es ihnen gleich und sucht sich ebenfalls eine Partnerin. Dabei muss es auf jeden Fall die »rasiermesserscharfe Braut« sein, auf die die anderen aus seiner Clique garantiert abfahren. Falls Sie diese Frau sein sollten, dann wird er sich bald schon Ihrem (positiven wie negativen) Geschmack anpassen, so wie pathologische Kletten das eben tun. Das mag Ihnen zu Anfang schmeichelhaft und lustig vorkommen, wird aber spätestens dann zum Ärgernis, wenn er jede Ihrer Bemerkungen mit einem »Ich auch!« oder einem »Das sehe ich ganz genauso!« kommentiert. (Im Allgemeinen sind solche Verhaltensmuster harmlos, es sei denn, er trötet auch Ihren Klagen über Menstruationsbeschwerden oder Ihren Erzählungen von Ihrer Grießklößchensuppen-Obsession aus Kindheitstagen ein dreifach kräftiges »Amen« hinterher.)

Lebensraum: Er reist gerne in Gruppen und findet zielsicher immer die angesagtesten Lokalitäten. Ein Absperrband und eine wartende Menschenschlange ziehen ihn magisch an. Er geht garantiert in den neuen Film, »über den alle reden«, und ist ständig hinter den neuesten Restaurantführern her, da er immer jemanden braucht, der ihm sagt, wo er hingehen soll.

Nistplatz: Die Wohnung des Papageien-Männchens spiegelt ein Leben wider, das aus Nachahmung besteht. Überall liegen Modezeitschriften herum, damit er garantiert immer »en vogue« bleibt. Er hat von allem das Neueste – Bestseller-Romane ebenso wie CDs von Eintagsfliegen-Bands. Mitten im Zimmer steht, wie ein Altar, ein großer Flachbildfernseher, wo er den Göttern der Promi-Welt huldigen und den Predigten der Werbestrategen lauschen kann, die ihm die Frohe Botschaft des Konsums überbringen.

Lockmittel: Seien Sie eine avantgardistische Trendsetterin, die Nachahmer verdient. Tragen Sie Röcke und Kleider über der Jeans, kaufen Sie Flip-Flops mit Stiletto-Absätzen, besorgen Sie sich eine Handtasche mit Ihren Initialen, tragen Sie einen Diamantring, und zwar an der *rechten* Hand, besorgen Sie Ihrem Deutschen Schäferhund zwei Paar Schaffellstiefel und überwachen Sie täglich Paris Hiltons Frisur, damit Sie sofort reagieren können, falls sie etwas verändert. Auch ausgefallenere Maßnahmen wie zum Beispiel ein herzförmiges Augenimplantat aus Platin (der letzte Schrei in Holland) sollten Sie durchaus in Erwägung ziehen.

Was Vogel und Männchen eint

So wie der Papagei halb verdaute Samenkörner und Obststücke hervorwürgt, um seine Jungen damit zu füttern, so würgt das plagiatorische Papageien-Männchen Meinungen und Anekdoten hervor, die es irgendwo anders aufgeschnappt hat.

Fluchtverhalten: Sobald Sie seiner Vorstellung von einer »coolen Freundin« nicht mehr entsprechen, gibt er Ihnen einen Tritt. Ihr besonderes Augenmerk sollte seinen Freunden und Bekannten gelten. Falls auch nur einer von denen etwas an Ihnen auszusetzen hat, dann dürften Sie ganz schnell in den Status der Ex-Freundin überführt werden.

Was für ihn spricht: Er verfügt über eine vollkommen beliebige Anpassungsfähigkeit. Er kann sich selbst jederzeit neu erfinden, je nachdem, was der Rest seiner Clique gerade macht, und fügt sich durch geschicktes Nachahmen in jede neue Gruppe problemlos ein, seien es nun Politaktivisten oder Betreiber einer Opiumhöhle.

Die Unterarten

Der Große Klugscheißer

(kackus intellektus)

Der Große Klugscheißer sondert fortlaufend hochtrabende Vorträge ab, die ohne jede Originalität und ganz offensichtlich nicht seinem eigenen Geist entsprungen sind. Dies dient möglicherweise der Kaschierung seiner eigenen Unsicherheit. Er hat die FAZ abonniert und schleppt sie wie eine Art Visitenkarte überall mit sich herum – allerdings haben Sie ihn noch nie darin lesen, sondern höchstens die Karikaturen anschauen sehen. Seine hochmoralischen politischen Ansichten lassen sich nur als heuchlerisch bezeichnen, da er zwar den Treibhauseffekt und den übermäßigen Verbrauch fossiler Energieträger geißelt, gleichzeitig aber mit einem dicken Luxus-Geländewagen durch die Stadt kachelt. Er behauptet, das *Foucault'sche Pendel* von Umberto Eco ebenso gelesen zu haben wie Salman Rushdies *Satanische Verse,* und zwar ganz! (Ja, klar.)

Tipp: Reizen Sie ihn nicht, indem Sie ihn nach der Quelle für all die Statistiken fragen, aus denen er lang und breit zitiert. Und weisen Sie ihn nicht extra darauf hin, dass sein kleiner Vorschlag zur Verminderung des Staatsdefizites wortwörtlich aus einer der letzten »Sabine-Christiansen«-Sendungen stammt.

Lieder, die er mag: »Alles nur geklaut« von den Prinzen, »I Heard it Through the Grapevine« von Marvin Gaye.

Der Men's-Health-Matador

(GQ MAXIMus)

Für diese Gattung, die verzweifelt versucht, der »ideale Junggeselle« zu sein, verkörpern Männermagazine die Bibel. In seinem Schrank lagern rechteckige Schnallenschuhe und ein Seersucker-Anzug, die er nach der Lektüre eines Artikels im *Esquire* mit dem Titel »Was jeder Mann im Schrank haben muss« gekauft hat. Aus Werken wie MAXIM oder FHM weiß er genau, wie er »eine Frau verwöhnen« kann, und denkt momentan – dank eines sehr aufschlussreichen Artikels in der Juni-Ausgabe von *Men's Health* – über Wadenimplantate nach. Er schwenkt sein Weinglas und schnuppert ausgiebig daran und bestellt sich gerne männliche Drinks wie zum Beispiel Bourbon on the Rocks.

Tipp: Er mag zwar einen etwas aufgebrezelten Eindruck machen, aber behalten Sie immer im Hinterkopf, was die Heiligen Schriften den Men's-Health-Matador gelehrt haben. Es hat seine Vorteile, mit einem Mann zusammen zu sein, dem an seinem Äußeren gelegen ist – so haben Sie immer jemanden, der Sie zur Maniküre begleitet.

Lieder, die er mag: »Ich bin viel schöner« von Antonia feat. Sandra S., »I'm Too Sexy« von Right Said

Fred, »Heut geh'n wir ins Maxim« von Johannes Heesters.

El Hiperati

(allesanders alsdieandern)

Es entbehrt nicht einer gewissen Ironie, dass der Hiperati allem hinterherläuft, was den »Indie«-Stempel trägt. Er hat sich eine mehrschichtige Struwwelpeterfrisur zugelegt und seine Klamotten in stundenlanger, mühevoller Kleinarbeit in irgendwelchen Second-Hand-Läden zusammengesucht, um seinen perfekten, lässigen Hipster-Look zu erreichen. Mit einem gewissen distanzierten Lächeln nimmt er an Veranstaltungen wie zum Beispiel Monster-Truck-Ralleys teil, die vordergründig auf sozial schwächere Bevölkerungsschichten abzielen, oder trinkt billigen Schnaps in Kneipen, in denen sonst nur Weltkriegsveteranen sitzen. Seine tägliche Lektüre besteht aus der *Spex* und dem *Eulenspiegel* und er haust tendenziell in momentan noch billigen, aber in Kürze schon luxussanierten Hipster-Enklaven.

Tipp: Unverzichtbarer Bestandteil des Balzrituals des El Hiperati sind billige, aber ungewöhnliche Geschenke wie zum Beispiel ein gebrauchter Liebesroman oder eine Großpackung Silvesterkracher aus dem Restpostenmarkt.

Lieder, die er mag: »Du bist anders« von Peter Maffay, »Bohemian By the Numbers« von den Minor Leagues, »Glamorous Indie Rock'n'Roll« von The Killers.

Der Vorstadt-Yo-Yo

(möchtegernum gangstertum)

Der Vorstadt-Yo-Yo ist zwar in einem vornehmen Villenvorort aufgewachsen, hat jedoch seinen exklusiven Lebensstil um gewisse Elemente bereichert, indem er am liebsten so auftritt, als käme er direkt aus einer Sozialbausiedlung. Er bezeichnet die unterschiedlichsten Dinge als »diese Scheiße da« und löst regelmäßig große Verwirrung bei Mitbürgern afrikanischer Abstammung aus, wenn er ihnen auf der Straße ein »Alles klar, Brudah?« entgegenschmettert. Er hat den alten Minivan seiner Eltern mit Bassboxen, Graffiti und beleuchteten Felgen aufgemotzt, kriegt es aber allem Anschein nach nicht fertig, die Überreste eines alten Aufklebers (»Leistung muss sich wieder lohnen – darum F.D.P.«) von der Stoßstange zu kratzen.

Tipp: Wenn er Sie als seine »Schlampe« bezeichnet, dann nehmen Sie das als Kompliment. Allerdings kann es geschehen, dass die Kellner im gutbürgerlichen Steak-House etwas irritiert reagieren, wenn er Mozzarella-Sticks »für mich und meine Schlampe mit eurem Scheiß-Haus-Dressing, yo« bestellt.

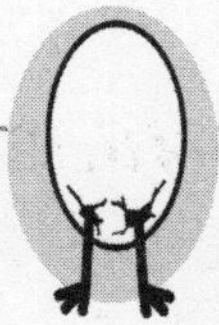

Dem Jungmännchen auf der Spur

Wie die Hauptfigur einer Nachmittags-Fernsehserie, so stand auch der jugendliche Papagei permanent unter dem Druck, sich gegenüber seiner Clique beweisen zu müssen. Also war er jederzeit gerne bereit, für seine Kumpels ein Päckchen Kaugummis zu klauen oder ihnen zuliebe die neue Mitschülerin am Träger ihres Sport-BHs zu ziehen.

Lieder, die er mag: »In the Ghetto« von Elvis Presley, »Damn, it Feels so Good to be a Gangster« von den Ghetto Boyz, alles von Vanilla Ice.

Papageien

und die Frauen, die Papageien lieben ...

Nachahmung ist, wie es heißt, die aufrichtigste Form der Schmeichelei. Vielleicht haben Sie ja deshalb einen solchen Hang zu Papageien, zu den Typen also, die nicht nur jedes Ihrer Worte hören, sondern auch jedes einzelne originalgetreu wiedergeben können. Sie suchen einen Mann, der mit dem rasanten kulturellen Wandel und den ständig wechselnden Trends des 21. Jahrhunderts Schritt halten kann, auch wenn er sich dazu ausschließlich auf die Ideen und Gedanken anderer stützt. Und Sie suchen einen Mann, der eine gewisse Flexibilität an den Tag legen kann – einen Typen, der sich in einem Saal voller pensionierter Polizeibeamter genauso wohl fühlt wie auf der Love Parade. Da der Papagei im Normalfall den Dingen immer eine Nasenlänge voraus ist und genau weiß, was in nächster Zeit angesagt sein wird und was nicht, sollten Sie ihm die eine oder andere Fehleinschätzung der jüngeren Vergangenheit verzeihen. (Schließlich war er *wirklich* überzeugt davon, dass der PT-Cruiser imagemäßig den Porsche demnächst ablösen würde.) Ein Papagei mag vielleicht keinen einzigen originellen Knochen im Leib haben, aber trotzdem: Wie die Gucci-Tasche zeigt, die Sie auf einem Flohmarkt in Berlin so günstig erstanden haben, sind Kopien manchmal gar nicht so schlecht.

In freier Wildbahn

Vanilla Ice
Ashton Kutcher
Kevin Federline (Ex-Mr. Britney Spears)
Sean (P.Diddy/Puffy/Puff Daddy) Combs

Nervöses Zucken infolge permanenter Überdosis Koffein
Irgendwelche Klamotten (hat sich heute Morgen in aller Eile angezogen)
Drahtiger Körper (dank seines hyperaktiven Stoffwechsels)
Das Haustier, das er weggibt, sobald es keinen »Spaß« mehr macht

KAPITEL NEUN

Der Kolibri

Siehst du den Kolibri? Dort ist er,
nein dort.

aus: Ray Bradbury, *Zen in der Kunst des Schreibens*

Sie machen sich gerade einen faulen Sommernachmittag und liegen entspannt am Swimmingpool in der Sonne, als dicht an Ihrem Ohr plötzlich ein lästiges Summen ertönt. Mit geschlossenen Augen versuchen Sie, es zu verscheuchen, in der Annahme, es handele sich nur um ein großes Insekt. Aber der Lärm hört einfach nicht auf. Sie öffnen die Augen und erblicken einen Kolibri, der wie aufgezogen mal hierhin und mal dahin hetzt. Allerdings handelt es sich in diesem Fall um einen ausgewachsenen Mann, in etwa so zierlich wie ein Paar Holzpantinen, Größe neunundvierzig. Mit seinem wilden Gefuchtel und seiner Unfähigkeit, auch nur eine Nanosekunde auf einer Stelle zu verharren, lässt er jedes hyperaktive Kaninchen wie eine Schlaftablette aussehen. Daher wird jeder Betrachterin eines dieser aufgedrehten und unter permanenter Hochspannung stehenden Männchen sofort klar, warum sie ausgerechnet nach den ausgeflipptesten Vertretern der Vogelwelt benannt wurden. Verlieben Sie sich in einen und entwickeln Sie eine ungeahnte Wertschätzung für Ritalin!

Federkleid: Wie der Vogel, der achtzigmal pro Sekunde mit den Flügeln schlagen kann, flitzt auch das Kolibri-Männchen so schnell und aufgeregt hin und her, dass sich eigentlich kein spezieller Kolibri-Stil ausmachen lässt. Seine Kleidung wechselt genau so unberechenbar und schizophren wie seine Gesichtsbehaarung (glatt rasiert, Vollbart, Ziegenbärtchen, Hundeschnauzer). Gibt er an einem Tag den zerstreuten Professor, so präsentiert er sich schon am Tag darauf in der Ästhetik des verschwitzten Kraftsportlers. Es bedarf keiner Erwähnung, dass er immer in Eile ist und einfach das anzieht, was ihm gerade in die Finger kommt. (Erwarten Sie nicht, dass er seine Turnschuhe zubindet. Erwarten Sie aber, dass er zwei verschiedenfarbige Socken trägt.)

Verhaltensmerkmale: Lichtjahre von der »Entdeckung der Langsamkeit« entfernt, ist der Kolibri ständig unterwegs, sowohl im wörtlichen als auch im übertragenen Sinn. Er springt von hier nach da und von einer Attraktion zur nächsten: Bienen züchten, Billard-Profi werden, Blindenschrift lernen. Er ist so absorbiert von seinen Aktivitäten, dass er regelmäßig irgendetwas vor sich hinmurmelt, genau wie diese durchgeknallten Typen in der U-Bahn. Er bringt es zwar auf bis zu siebzehn Telefonate in der Stunde (natürlich nur mit Kurzwahl-Speicher), führt aber niemals längere Gespräche, sondern sagt spätestens nach etwa dreißig Sekunden so etwas wie: »Bin spät dran!« oder »Man sieht sich!« In Wartezimmern, bei Sitzungen oder auf längeren Interkontinentalflügen zappelt er ruhelos herum und lässt immer wieder die Fingerknöchel knacken. Anschließend versucht er sich zu beruhigen, indem er laut vernehmlich Red Bull oder dreifache Espressi schlürft.

Balz: Wenn er ein Auge auf Sie geworfen hat, dann verfolgt er Sie mit fast schon skrupelloser Hingabe und lernt die Namen und Geburtstage Ihrer sämtlichen zwanzig Nichten und Neffen auswendig. Er liest jedes Buch Ihrer Lieblings-Schriftstellerin und gibt Geschichten aus Ihrer Vergangenheit zum Besten, die Sie selbst schon vergessen hatten. (»Das ist ja wie damals in der vierten Klasse, als du dir während der Mathearbeit in die Hosen gemacht hast!«) Wenn Sie ein Paar geworden sind, dann bekommen Sie infolge seiner ungezügelten Lebensfreude ziemlich schnell das Gefühl, antriebslos und faul zu sein. Sie würden sich gerne mit ihm zusammen auf die Couch kuscheln und sich im Fernsehen ein sechsstündiges Heinz-Rühmann-Special anschauen? Vergessen Sie's! Stattdessen schießen Sie mit dem Kajak durch irgendwelche »Klasse-V-Stromschnellen«, nur um anschließend wie aufgedreht eine Disko nach der anderen abzuklappern. (Und, übrigens, falls Sie gedacht haben, dass dieses Energiebündel auch im Bett für die eine oder andere Zusatzschicht gut sein könnte, dann müssen Sie ernüchternderweise feststellen, dass Sie sich getäuscht haben. Nach einer kurzen, schnellen Runde braucht er seinen Schlaf, um im Morgengrauen wieder »fit wie'n Turnschuh« zu sein.)

Lebensraum: Der Kolibri ist gleichzeitig überall, verweilt aber nur selten länger an einem bestimmten Ort. In ruhigen Gegenden, beim Picknick im Park oder am Tisch eines Cafés in ein gutes Buch vertieft, werden Sie ihn jedenfalls garantiert nicht finden. Versuchen Sie es lieber dort, wo körperliche Betätigung groß geschrieben wird (Indoor-Kletterwände), an Sammelstätten für geheimnisumwittertes Wissen (die Forschungsstelle für altgermanisches Magier- und Hexenwesen an der nahe gelegenen Universität) oder irgendwo, wo er ein neues Spielzeug ausprobieren kann (zum Beispiel am Strand, wo er mit seinem neuen Metalldetektor den legendären Goldschatz des Klaus Störtebeker aufzuspüren versucht).

Nistplatz: Das Kolibri-Nest ist vollgestopft mit den traurigen Überbleibseln längst vergangener Obsessionen: abgestorbene Bonsai-Bäume, ein leeres Tropenfisch-Aquarium und zahlreiche unbenutzte Tele-Shopping-Produkte wie Bauchmuskeltrainer oder Kristallschalen. Er bleibt nirgendwo lange kleben, sondern zieht von Stadt zu Stadt, überrascht Bekannte mit seinem Besuch und lässt dabei nicht selten ein liebes Haustier zurück (das mit dem Kaninchen war schließlich bloß so eine Idee).

Was Vogel und Männchen eint

Der Kolibri ist der einzige Vogel, der seitlich und sogar rückwärts fliegen kann, und bildet so ein getreues Abbild der Fähigkeit seines menschlichen Gegenstücks, das ebenfalls in der Lage ist, vollkommen übergangslos von einer Aktivität zur nächsten zu flattern. Lassen Sie Ihr Kolibri-Männchen auch nur eine Sekunde aus den Augen, ist es wahrscheinlich für immer auf und davon.

Lockmittel: Mit großer Wahrscheinlichkeit finden Sie diese Gattung bei Speed-Dating-Events, aber falls das nichts nützt, nehmen Sie sich ein Beispiel am Kolibri-Weibchen, das während des entfesselten Balzrituals des Männchens einfach still und stumm verharrt. Tun Sie so, als würden Sie dem Sirren seiner metaphorischen Schwingen lauschen, und nicken Sie eifrig, wenn er Ihnen damit in den Ohren liegt, wie er kürzlich die heilenden Kräfte des Rosenquarzes entdeckt oder eine neue Feldsportart kreiert hat – eine Mischung aus Golf und Squash. Je länger Sie seine Aufmerksamkeit fesseln können, desto besser stehen die Chancen, dass Ihnen das irgendwann auch mit dem ganzen Bürschchen gelingt.

Fluchtverhalten: Genauso schnell, wie er entflammt, kühlt der Kolibri auch wieder ab. Daher schickt er Sie in die Wüste, sobald er eine begeisterungsfähigere Gefährtin gefunden hat. (»Sie versteht mich, im Gegensatz zu dir. Sie hat begriffen, weshalb das Polka-Tanzen für mich – und für die ganze Welt – eine solch große Bedeutung hat.«) Damit ist die Beziehung genauso abrupt beendet, wie sie kurze Zeit zuvor begonnen hat.

Was für ihn spricht: Seine eingleisige, wenn auch vorübergehende Begeisterungsfähigkeit. Kolibris sind inbrünstige und leidenschaftliche Agitatoren und daher für alle Arten von politischen Kampagnen ebenso geeignet wie als Wanderprediger oder Zeitschriftenwerber.

Die Unterarten

Der Hobby-Hopser

(steckenpferdus multus fluctuandus)

Ob er nun Bierdeckel sammelt, Wiesel züchtet, Tai-Chi praktiziert oder eine Internet-Dienstleistungs-Firma gründet, der Hobby-Hopser hüpft wie ein Eichhörnchen auf Speed von Freizeitbeschäftigung zu Freizeitbeschäftigung. Dabei spart er nicht am Geld, auch wenn es bedeutet, dass er ein Zimmer seiner Wohnung in eine Tischlerwerkstatt umwandeln muss. Aber sobald die erste Faszination erlischt (und das wird sie!), ist die ganze aufwändige Ausstattung nichts weiter als ein Haufen Sägespäne im Sturm des Lebens.

Tipp: So wie der Hobby-Hopser seiner seltenen Orchideen überdrüssig wird und sie vertrocknen und absterben lässt, so wird er auch Ihrer bald überdrüssig werden und die süße Blüte Ihrer Liebe vertrocknen lassen. Wecken Sie sein Interesse immer wieder neu, indem Sie etwas verändern: Probieren Sie's mal mit einem österreichischen Akzent oder einem neuen Namen. (»Ab heute heiße ich nicht mehr Monika, sondern Anastasia.«)

Lieder, die er mag: »Heute hier, morgen dort« von Hannes Wader, »Can't Stand Still« von AC/DC, »Hyperactive« von GMS, »Hyperhyper« von Scooter.

Der Multi-Jobber

(lebenslaufus multiplex)

Hauptkennzeichen des Multi-Jobbers – an der Universität kommt er in der Variante des Multi-Studiengängers vor – sind permanente und einschneidende Veränderungen seines beruflichen Lebenslaufs, wenn er zum Beispiel zuerst eine Stelle im Hotel-Management anstrebt, nur um sich eine Woche später für den Umzug in einen buddhistischen Ashram zu entscheiden. Sein aktueller Arbeitsplatz, ganz egal, wie die Bedingungen dort sein mögen, »deprimiert und unterdrückt« ihn jedenfalls, so dass er jederzeit bereit ist, seine feste Stelle aufzugeben, um Bodenseefischer oder Türsteher eines Strip-Lokals zu werden (und seinem ohnehin schon vier Seiten langen Lebenslauf damit einen weiteren Eintrag hinzuzufügen). So kann es vorkommen, dass der Multi-Jobber mit abgeschlossenem Studium der Betriebswirtschaftslehre nach nur einem Monat in einem Acht-Stunden-Bürojob beschließt, dass das nicht seine Berufung ist und sich für einen dieser ungemein praxisorientierten Philosophie-Studiengänge einschreibt.

Tipp: Seien Sie gewarnt: Ein regelmäßiges, fünfstelliges Monatsgehalt sowie Zusatzkrankenversicherungen sind für den Multi-Jobber keine Argumente. Da bedarf es schon einer Frau mit besonderen Vorlieben und einer festen Stelle, die sowohl ihre eigenen Bedürfnisse als auch seine Traumtänzereien zu finanzieren in der Lage – und willens! – ist.

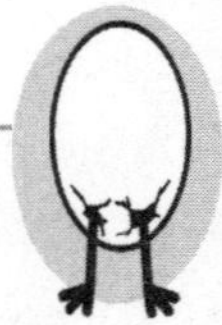

Dem Jungmännchen auf der Spur

Mit seinem weiträumig ansteckenden Enthusiasmus war der Kolibri schon in jungen Jahren fähig, eine beeindruckende Zahl an Nachbarskindern zu mobilisieren, um ihm zu helfen, Erfolg versprechende Geschäftsideen (Kühlkissen in verschiedenen Geschmacksrichtungen) oder dramatische Aufführungen von ihm verfasster Theaterstücke in die Tat umzusetzen.

Lieder, die er mag: »Changes« von David Bowie, »I Still Haven't Found What I'm Looking For« von U2.

Der Gesundheitsapostel

(schlankundfittus extremus)

Der Gesundheitsapostel ist vom jeweils neuesten Fitness-Trend besessen, wirft viele bunte antioxidante Vitaminpillen ein und verlässt das Haus nie ohne Pedometer. Er hat schon die Atkins-Diät (»Eine Pizza ohne Rand, bitte ...«), diverse Rohkost-Diäten (»Gekochte Eier enthalten nur noch einen Bruchteil des ursprünglichen Proteins«) sowie kalorienreduzierte Schlankheitskuren (»Wenn ich pro Tag nur drei Reiswaffeln esse, regt das meine biologischen Überlebensmechanismen an!«) ausprobiert. Wenn irgendwo ein neuer Extreme-Fitness-Hype auftaucht, sei es nun Rollerblade-Frisbee auf Kunstrasen oder Unterwasser-Pilates mit Abklatschen – Sie können sicher sein, dass er mit dabei ist.

In freier Wildbahn

Ferris Bueller aus dem Film *Ferris macht blau*
Tigger
Kramer aus *Seinfeld*
Pumuckl

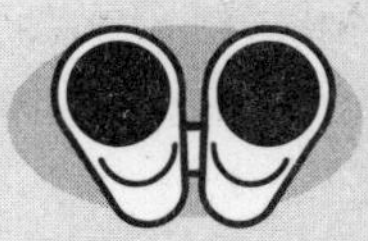

Tipp: Auf Partys betätigt er sich als Stimmungskiller, indem er lauthals Alkohol und alle Arten von zuckerhaltiger Limonade verschmäht (»Alles Gift!«) und früh verschwindet, weil er am nächsten Morgen um fünf im Fitnessstudio sein muss. Ein Abendessen mit ihm bedeutet, dass Sie sich entweder auf seine Baumrinden-Küche einlassen müssen – oder aber einen Hamburger vertilgen, um sich anschließend wie ein verantwortungsloses, körpervergiftendes, fettes Schwein zu fühlen.

Lieder, die er mag: »Es lebe der Sport« von Rainhard Fendrich, »I Feel Good« von James Brown, »Let's Get Physical« von Olivia Newton John.

Kolibris

und die Frauen, die Kolibris lieben ...

Wenn Sie sich in einen Kolibri verliebt haben, dann kann man wohl mit einigem Recht behaupten, dass Sie keine Angst vor den extremen Höhen und Tiefen der Achterbahnfahrt des Lebens haben. So ungerührt, wie Sie die permanent wechselnden Launen eines hyperaktiven Nervenbündels ertragen, haben Sie entweder ein vergleichbar aufgekratztes Wesen oder aber Sie wirken so beruhigend wie ein schönes, warmes Schaumbad. Es macht Ihnen überhaupt nichts aus, im neuesten Projekt Ihres Kerls eine Nebenrolle zu spielen oder die Organisatorin zu geben. Vielleicht sehnen Sie sich nicht gerade danach, mit dem Fallschirm von der Golden Gate Bridge zu springen … aber tief in Ihrem Inneren schlummert eine Art Gefahrensucherin. Denn schließlich fühlen Sie sich zu einem Derwisch hingezogen, gegen den sogar MacGyvers nie versiegende Kreativität schal und abgestanden wirkt.

Verrückte Vogelwelt

Diese gefiederten Gernegroße kommen in unterschiedlichen Größen vor, angefangen beim südamerikanischen Riesenkolibri, der ein Gewicht von 20 Gramm erreicht, bis hin zur Hummelelfe, die maximal sechs Zentimeter groß wird. Entsprechend unterschiedlich ist auch die Zahl der Flügelschläge, deren Anzahl zwischen zehn und achtzig pro Sekunde schwankt.

Hängende Schultern, auf denen die Last der ganzen Welt ruht
Bemerkenswert glatte Gesichtshaut ohne jede Spur einer Lachfalte
Verschränkte Arme, die seine defensive Grundhaltung signalisieren
Würdiger Trenchcoat zum Schutz vor dem bevorstehenden Weltuntergang

Kapitel zehn

Der Auerhahn

Normalerweise balzen Auerhähne im Mai, doch im Koschutagebiet der Karawanken ist das Blut eines Auerhahns jetzt im August in Wallung geraten. Der Vogel verteidigte sein Revier und attackierte dabei einige Wanderer. Verletzt wurde niemand. Der Tipp des Wildökologen: Auf keinen Fall ducken, das würde den Auerhahn in seiner Eifersuchtsattacke bestärken. Oder einfach abwarten, in ein paar Tagen ist der Liebesrausch des Auerhahns wieder vorbei.

Aus einem Weblog auf
www.gipfeltreffen.at

Sehen Sie sich doch einmal den Balztanz des Auerhahns an – die spitzen Schwanzfedern aufgerichtet, die Augenkämme leuchtend gelb und die olivgrünen Luftsäcke vor der

Brust zu Ballons geschwollen –, dann
wissen Sie ganz genau, warum
Meriwether Lewis und Willima Clark
ihn den »Hahn der Tiefebenen«
genannt haben.

aus: Rene Ebersole, *Saving the Sage Grouse*
in: »National Wildlife Federation«

Wie Atlas, der der Sage nach die ganze Welt auf seinen Schultern trägt, so fühlt sich auch das Auerhahn-Männchen ausgenutzt und seufzt und schnauft sich durch das Leben, als täte es dem Universum damit einen riesigen Gefallen. Wie der tendenziell schwer zu fassende und unnahbare Vogel, dem er seinen Namen verdankt, macht sich auch dieser Dauernörgler unter den Männchen aufgrund seiner mäkeligen Ansichten, seiner fortwährenden Quängelei und seiner ganz allgemein düsteren Lebenseinstellung bei allen anderen unbeliebt. Selbst die schönsten Dinge des Lebens – ein neugeborenes Baby, ein leuchtender Sonnenuntergang, Louis Armstrongs »What A Wonderful World« – bilden für den Auerhahn lediglich einen willkommenen Anlass zu weiteren verdrießlich-negativen oder trübsinnigen Reaktionen. Langer Rede kurzer Sinn: Er ist die mit Abstand größte Spaßbremse der Welt.

Federkleid: Der Auerhahn lässt sich leicht identifizieren: Mit verdrehten Augen, verzerrter Miene, mürrisch-gebeugtem Oberkörper und verschränkten Armen steht er da und beklagt sich über seine Kleider, sei es ein juckender Pullover oder Strümpfe, die seinen Zehen »Platzangst« verursachen. Und so wie der in den Bergregionen Österreichs und Sloweniens lebende Auerhahn als Teil seines theatralischen Gehabes die einzigartigen Luftsäcke vor seiner Brust aufpumpt, so neigt auch das Auerhahn-Männchen dazu, fortwährend zu schnaufen und zu ächzen wie ein altersschwacher Blasebalg.

Verhaltensmerkmale: Ob er nun jammert, schmollt oder sich über irgendetwas beklagt, der freudlose Auerhahn untergräbt jeden positiven Ansatz und verdirbt immer allen die Stimmung. Die Rettung eines Schwarms gestrandeter Wale quittiert er mit der Bemerkung: »Die werden doch sowieso von den Japanern zu Lebertran verarbeitet.« Er äußert sich im Beisein von Kindern abfällig über die Zahnfee und macht sich über verliebte Paare lustig, die eine Münze in einen Glücksbrunnen werfen. Er ist nicht gerade das, was man einen Gemeinschaftsmenschen nennen würde und das Positivste, was aus seinem Mund jemals zu hören ist, ist der Satz: »Ist wohl okay so, schätze ich mal.«

Besonders gerne fällt er über genau die Dinge her, die Ihnen am meisten am Herzen liegen, seien es Filme, Schriftsteller oder Musik. (»Was? Willst du mich verarschen? Sting ist doch so was von ätzend!«)

Balz: Eine Beziehung mit einem Auerhahn zu führen ist eine harte Lektion in Sachen Geduld und Märtyrertum. Nachdem er sich endlos lange darüber ausgelassen hat, wie absolut langweilig es gerade ist, macht er alle Ihre Vorschläge nieder, nur um sich anschließend darüber zu beklagen, dass Sie etwas ohne ihn unternehmen wollen. Wenn ein Auerhahn Ihnen ein Geschenk überreicht, dann immer mit dem Zusatz: »Ich weiß sowieso, dass es dir nicht gefällt.« Sollten Sie einem Vertreter dieser Gattung tatsächlich Ihre tiefen Gefühle gestehen, besteht seine Reaktion in einem sarkastischen Gackern. Dass er der Bedienung nach einem gemeinsamen Essen im Restaurant kein Trinkgeld geben will, empfinden Sie als ebenso peinlich wie seine Rechtfertigung: »Was denn? Ich sitze doch auch den ganzen Tag hinter meinem Bankschalter, ohne dass mir einer Trinkgeld gibt!«

Lebensraum: Sicher, der Auerhahn wagt sich durchaus gelegentlich ins Freie, um irgendwelche Bars, Cafés oder deprimierende Film-Festivals zu besuchen, aber im Grunde genommen sitzt er lieber brütend und Trübsal blasend in seinen vertrauten vier Wänden. Außerdem glaubt er sowieso nicht, dass es da draußen noch etwas gibt, was ihn beeindrucken kann. Jeden seiner Ausflüge begleitet er mit dem üblichen Genöle: »Ich hasse Menschenmassen!« oder auch: »Ich hab's doch gleich gesagt, dieser Verkehr ist einfach ein Albtraum!«

Nistplatz: Zugezogene Jalousien, ein ungemachtes Bett und schmutziges Geschirr in der Spüle zeigen, dass der Auerhahn keine Zeit hat, seine Bleibe sauber zu halten. Er ist viel zu beschäftigt mit dem Verfassen von Beschwerdebriefen an die Besitzer der Straßencafés in der Nachbarschaft sowie mit dem Lesen existenzialistischer Texte und Verschwörungstheorien.

Lockmittel: Gewöhnen Sie sich eine witzig-zynische Ausdrucksweise an, die er sexy findet, und werfen Sie in regelmäßigen Abständen bewährt sarkastische Redewendungen wie zum Beispiel »Aber sicher« oder »Na, toll!« oder auch »Vie-len Dank!« in die Runde. Sie können sich natürlich auch einfach als naives Sonnenscheinchen auf den Boden hocken und auf die größte psychologische Sensation seit der Verwandlung des Frosches in einen Märchenprinzen hoffen.

Was Vogel und Männchen eint

Während der Balz steigt der Testosteronspiegel des Auerhahns um das Hundertfache an. Dann nimmt er auf einem starken Ast Platz, richtet den Fächerschwanz steil auf und flattert wie wild mit den Flügeln. Ganz ähnlich kann auch das Auerhahn-Männchen im Taumel der Erregung anfangen, fieberhaft zu gestikulieren, hektisch mit den Beinen auf den Boden zu stampfen und einen Riesenaufruhr zu veranstalten.

Fluchtverhalten: Irgendwann haben Sie von seiner negativen Einstellung und seinen immerwährenden Zicken die Nase voll und machen Schluss. Seine erste Reaktion besteht in reinstem Sarkasmus: »Oh-haaa! Das ist jetzt aber bitter!« Anschließend ergeht er sich in lächerlichem Pathos: »Wieso drückst du mir nicht einfach ein Glas Kloreiniger in die Hand? Das tut nämlich nicht so weh!« Dann bleibt er mit dem Gefühl zurück, dass die Liebe eine einzige Täuschung ist. (Ach, nein, Moment mal. Das war ihm doch vorher schon klar.)

Was für ihn spricht: Seine zum Brüllen komischen zynischen Bemerkungen – zum Beispiel, wenn Sie sich gemeinsam eine Gerichts-Show ansehen oder sich über das olympische Synchronschwimmen lustig machen.

Die Unterarten

Der Meckermann

(motzki permanens)

Der Meckermann – das einzige Männchen, mit dem ein abendliches Essen im Restaurant genauso schmerzhaft und oberpeinlich verläuft wie eine Wurzelbehandlung im Evaskostüm – zögert keine Sekunde, wenn es darum geht, das Essen zurückgehen zu lassen oder den Geschäftsführer zu verlangen. Nach einem nicht übermäßig unterhaltsamen Kinofilm fordert er das Eintrittsgeld zurück und sollte einer seiner Nachbarn es wagen, nach zweiundzwanzig Uhr auch nur zu husten, stürmt er unverzüglich zur Tür hinaus, um sich zu beschweren. Gelegentlich droht er auch mit einer Anzeige, hat es bisher aber noch nie durchgezogen.

Tipp: Machen Sie sich darauf gefasst, dass Sie mit einem Meckermann als Partner kaum noch eingeladen werden. Ihre Freundinnen und Bekannten wollen nicht seinem ewigen Gemäkel ausgesetzt sein und so werden Sie sehr schnell zur Außenseiterin. Mitgefangen, mitgehangen.

Ein Lied, das er mag: »I Can Get no Satisfaction« von den Rolling Stones.

In freier Wildbahn

Shakespeares Hamlet
Charlie Brown
Bernd, das Brot
Statler und Waldorf aus der *Muppet Show*
Al Bundy

Der Depri

(düstermann suizidalis)

Regentage, Montage und eigentlich auch alle anderen Tage verursachen diesem Männchen Depressionen. Und obwohl es keinen nachvollziehbaren Grund für diese Veranlagung gibt, zögert er keine Sekunde, um auch Sie in den Sumpf seiner schrulligen Schwermut mit hineinzuziehen. Vielleicht sind sein tiefes Seufzen und die Hängebacken eine Folge seiner Beschäftigung mit der Frage, weshalb der Mensch – nach Thomas Hobbes – »des Menschen Wolf« ist, vielleicht liegt es aber auch nur daran, dass der *Tatort* heute Abend eine Wiederholung ist. Was immer dem Depri gerade Sorge bereitet, Sie können sicher sein, dass er nichts dagegen unternimmt. Wenn er darüber nachdenkt, wieso »die Erde so ein beschissener Planet« ist, nimmt er oft die nachdenkliche Haltung von Rodins *Der Denker* ein.

Tipp: Die »Wehe mir!«-Attitüde des Depri ist oft nur ein versteckter Schrei nach Aufmerksamkeit. Manchmal genügt es bereits, ihm liebevoll die Haare zu zerzausen, ihn fest in den Arm zu nehmen und ihm die Fernbedienung zu überlassen, schon erwacht er schlagartig aus seiner Düsterkeit.

Lieder, die er mag: »Die Welt ist schlecht« von den Ärzten, »I'm Down« von den Beatles.

Der Zynik

(sarcasticus vollidioticus)

Zwanghaft löscht der Zynik jeden Silberstreif vom Horizont. Gefühle wie Hoffnung und Freude sind seiner Meinung nach etwas für Einfaltspinsel. Bei Hochzeiten flüstert er Ihnen ins Ohr »Drei Jahre, maximal«, und wenn Sie ihm zu seiner Beförderung gratulieren wollen, erwidert er: »Wenn sie meinen Job dann nach Indien auslagern, hab' ich auch nichts mehr davon.« Je emotionsgeladener eine Situation ist, desto sarkastischer reagiert der Zynik, wie zum Beispiel bei der Beerdigung seines Vaters: »Typisch! Papa hat sich natürlich wieder den billigsten Sarg ausgesucht!«

Tipp: Kinder in diese Welt zu setzen hält er für puren Egoismus, der das Problem der Überbevölkerung verschärft. Wenn Sie also auf Nachwuchs aus sind, sind Sie bei ihm an der falschen Adresse.

Lieder, die er mag: »Losing My Religion« von R.E.M., alles von John Zorn, aber niemals »Wir glauben an morgen« von Mary Roos.

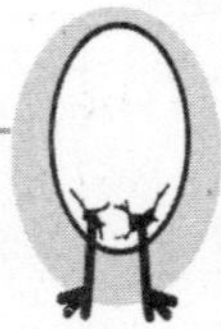

Dem Jungmännchen auf der Spur

Es hat dem Weihnachtsmann bei der ersten Begegnung den Bart aus dem Gesicht gerissen.

Auerhähne

und die Frauen, die Auerhähne lieben ...

Falls Sie einen Auerhahn lieben, dann sollten Sie sich vielleicht überlegen, eine Psychotherapeuten-Lizenz zu beantragen. Schließlich sind Sie bereit zu nicken und mit beruhigender, sanfter Haltung zuzuhören, während Ihr Kerl sich darüber beklagt, wie er von aller Welt missbraucht und missverstanden wird. Aber er hat auch seine guten Seiten. Denken Sie an das Sprichwort: Räder, die quietschen, werden geölt. Wenn Sie also mit einem Auerhahn zusammen sind, dann müssen Sie sich niemals mit dem schlechtesten Tisch im Restaurant oder mit Quatschköpfen im Kino abfinden. Und, ob Sie's glauben oder nicht, manche Auerhähne haben einen ziemlich ausgeprägten Sinn für Humor, wenn auch in eher sarkastischer und negativ geladener Ausprägung. Gut möglich, dass ein Auerhahn, wenn er von einer süßen Henne wie Ihnen ein wenig Liebe und Zuwendung erfährt, mit der Zeit einen Teil seiner Schroffheit ablegen und sich ein Stück Ihrer optimistischen Lebensperspektive aneignen kann. Wenn Sie es schaffen, Ihrem Greg die Dharma, Ihrem Bert der Ernie oder Ihrem Bernd die Chili zu sein, dann, wer weiß, gelingt es Ihnen vielleicht sogar irgendwie, aus diesem Griesgram einen erträglichen Gefährten zu machen.

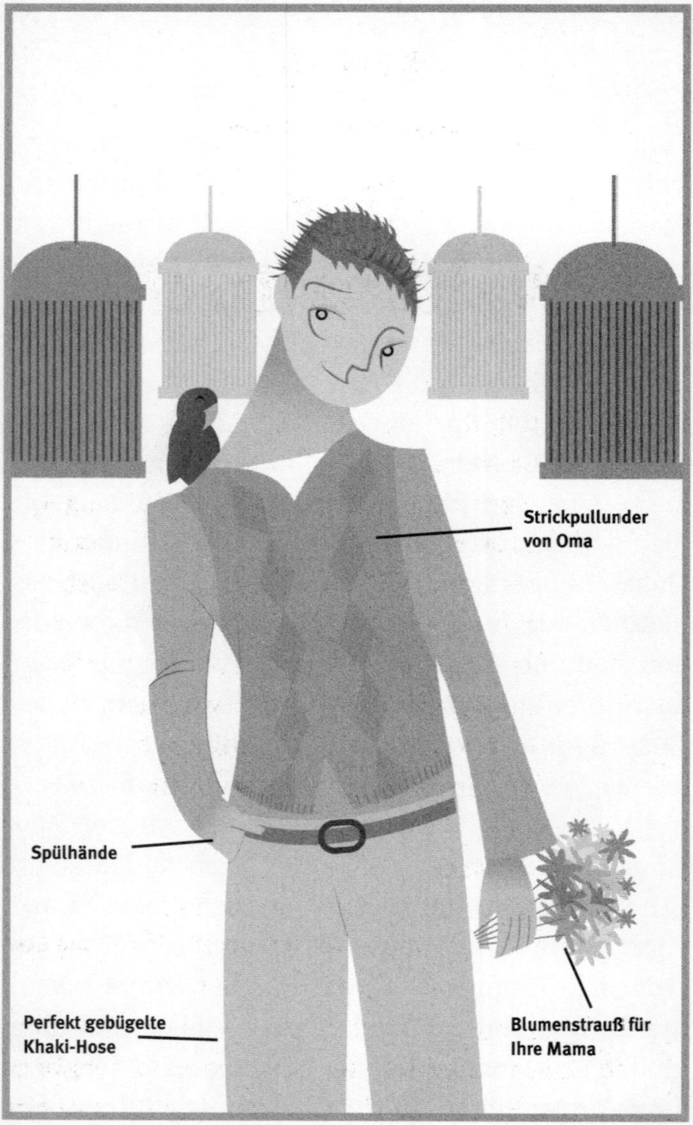

Strickpullunder von Oma
Spülhände
Perfekt gebügelte Khaki-Hose
Blumenstrauß für Ihre Mama

Kapitel elf

Der Wellensittich

JULIA:
Es ist bald Morgen – Ich wollte du wärest weg, und doch nicht weiter als der Vogel eines spielenden Mädchens, den sie ein wenig von ihrer Hand weghüpfen lässt, den sie aber, wenn er sich zu weit entfernen will, aus zärtlicher Eifersucht über seine Freiheit gleich wieder an einem seidnen Faden zurückzieht, den armen kleinen Gefangenen.

ROMEO:
Ich wollt', ich wäre dein Vogel.

aus: William Shakespeare, *Romeo und Julia*

Ob es daran liegt, dass sie sich nie vom Schürzenzipfel der Mutter gelöst haben, oder ob sie einfach selbst gern Schürzen tragen, Wellensittiche sind jedenfalls gutmütige Stubenhocker, die nur selten Regeln missachten oder Aufstände anzetteln. Ganz wie ihre in Käfigen lebenden Artgenossen überall auf der Welt haben diese häuslichen und sanftmütigen Männchen keinerlei Bedürfnis, die Flügel zu spreizen oder sich die Hörner abzustoßen. Manchmal tun sie sich mit einer dominanten Freundin und offiziellen Herrscherin über den Nistplatz zusammen. Andere bleiben einfach im altvertrauten Nest von Mama und Papa hocken. Aber egal wie, diese stets folgsamen Geschöpfe sehnen sich nach Kameradschaft und den Annehmlichkeiten eines sauberen, warmen Heims. Egal, ob ihre gefügige, häusliche Art angeboren oder angelernt ist, Wellensittich-Männchen sind jedenfalls die idealen Haustiere. Auch wenn sie sich vielleicht nicht gerade auf Ihren Finger setzen, sie fressen Ihnen garantiert aus der Hand.

Federkleid: Fein säuberlich frisiert, frisch gebügelt und ganz allgemein perfekt von Kopf bis Zeh, so hat es der Wellensittich am liebsten. Zerzauste Federn sind seine Sache nicht. Mit einer Freundin, die ihm ein wenig Unterstützung in Modefragen angedeihen lässt, entwickelt er vielleicht sogar ein Minimum an Stil. Andererseits kann es auch passieren, dass er einfach das anzieht, was seine

Mama ihm rausgelegt hat, also eine »anständige« Jeans mit Bügelfalten und dazu Rollkragenpullover und Pullunder.

Verhaltensmerkmale: Der Wellensittich, durch und durch domestiziert und überfreundlich, ist ehrlich davon überzeugt, dass es zu Hause am schönsten ist. Anstatt mit den Kollegen nach der Arbeit noch auf einen Sprung in die Kneipe zu gehen, steht er jeden Abend pünktlich um 17.30 Uhr auf der Matte. Im Allgemeinen kommt man gut mit ihm aus, er drückt sich nicht vor der Hausarbeit und ist recht gut »abgerichtet«, pinkelt unaufgefordert im Sitzen und macht immer sein Bett. Sein größter Wunsch ist es, dass Sie beide einen kleinen Thorsten junior und eine niedliche Lilli bekommen, damit sie auf der Doppelschaukel in Ihrem kleinen Gärtchen miteinander spielen können. Wie der Vogel, so hat auch das Wellensittich-Männchen einen fröhlichen Charakter und pfeift bei der Arbeit sogar gelegentlich vergnügt vor sich hin. Er gäbe einen idealen »Stepford-Ehemann« ab – womöglich ist er sogar mit den Bradys verwandt?

Balz: Verlässlich und berechenbar ist er, der Wellensittich, und vergisst niemals eine Verabredung. (Er ist eher einer von denen, die schon eine Viertelstunde zu früh da sind und dann mit dem Auto so lange durch das Viertel kurven, bis sie auf die Minute pünktlich vor Ihrer Tür stehen.) Er ist mit jeder Unternehmung, die Sie vorschlagen, einverstanden, auch wenn es ihm im Großen und Ganzen völlig reicht, sich zusammen mit Ihnen, einer DVD aus dem Video-Laden und einem Menü vom chinesischen Imbiss – oder aber mit dem »Fasan unter Glas an Weißwein-Reduktion«, den er in genau zwanzig Minuten perfekt zubereiten kann – auf die Couch zu kuscheln.

Lebensraum: Überwiegend im riesigen Niemandsland der Vorstadtsiedlungen beheimatet, lässt sich der Wellensittich in Einkaufszentren und Ketten-Restaurants antreffen, die ansonsten überwiegend von Gemeinen Straßentauben-Männchen bevölkert werden. Deutlich öfter jedoch wird man ihn bei der Pflege seines makellosen Rasens, beim Säubern des Rinnsteins oder vielleicht auch in entspannter Haltung auf einer Parkbank in der Grünanlage seiner Reihenhaussiedlung antreffen, wo er jeden Vorbeikommenden freundlich grüßt.

Nistplatz: Im Nest des Wellensittichs herrscht auf jeden Fall eine häusliche Atmosphäre, die Einrichtung mit rustikaler Küchenzeile und/oder gerefften Store-Gardinen, die von Mama oder einer Ex-Freundin ausgesucht wurden, schrammt nur knapp an dem Attribut »weiblich« vorbei. Und in der Tat ist dies ein Nest, in dem Frauen sich willkommen fühlen, vor allem dank der Tatsache, dass er praktisch keine Pornohefte oder Dessous-Kataloge offen herumliegen lässt. In seiner fein säuberlich aufgeräumten Garage findet sich neben zahlreichen Werkzeugen und anderen männlichen Bastelutensilien auch eine Tasche mit Golfschlägern (falls er mal eine Runde mit Ihrem Dad spielen sollte). Auch Hunde – vorzugsweise Labradore oder Golden Retriever – kommen in dieser Umgebung häufig vor.

Lockmittel: Es ist in der Regel nicht einfach, einen Wellensittich anzulocken, da die meisten Vertreter dieser Gattung inhäusig leben. Probieren Sie es am besten in großen Einrichtungshäusern, Baumschulen oder Baumärkten. Wenn Sie ein geeignetes Exemplar antreffen, könnten Sie es in Hilfe suchendem, leicht zweideutigem Tonfall fragen, wo man denn hier jemanden findet, »der etwas vom Nageln versteht«. Und falls er keinen Ehering trägt, laden Sie ihn einfach zum Essen ein. Wellensittiche sind so verdammt freundlich, dass er wahrscheinlich ja sagt.

Was Vogel und Männchen eint

So, wie man Wellensittichen Spiegel und buntes Plastikspielzeug in den Käfig hängt, damit sie sich nicht langweilen, so freuen sich auch Wellensittich-Männchen über neues Spielzeug für zu Hause, zum Beispiel einen Power-Häcksler, eine Surround-Sound-Heimkinoanlage oder irgendetwas aus dem Quelle-Katalog.

Fluchtverhalten: Wie der Vogel, der sich an das Leben im Käfig gewöhnt hat, so ist auch das Wellensittich-Männchen nicht scharf darauf wegzufliegen. Daher sind es wahrscheinlich irgendwann Sie selbst, die die Flucht ergreift, wenn Sie nämlich feststellen, dass Sie am Freitagabend etwas Aufregenderes machen wollen, als eine Partie Halma zu spielen und eine Doppelfolge »Derrick« aus den späten Achtzigerjahren anzuschauen. Es kann natürlich auch sein, dass seine permanente Nachgiebigkeit in Ihnen irgendwann den Wunsch nach jenen liebevollen Neckereien weckt, die Doris Day und Rock Hudson so unvergesslich gemacht haben. Auf einen Nenner gebracht: Sie sind ziemlich schnell total genervt, weil Sie merken, dass Sie ihn nicht nerven können.

Was für ihn spricht: Er ist verlässlich und immer da. Außerdem können Sie immer irgendwo umsonst Ihre Wäsche waschen. (Spielen Sie Ihre Trümpfe richtig aus, dann erledigt er das vielleicht auch noch für Sie.)

Die Unterarten

Der Jaschatz

(willenlos rückgratlos)

Der Jaschatz, auch »Liebestölpel« genannt, erfüllt seiner Freundin sämtliche Wünsche, ganz egal, wie lächerlich sie sein mögen. Manchmal steht er mit trauriger Miene und ihrer Handtasche unter dem Arm in irgendeinem Einkaufszentrum herum, während sie eine Dreiviertelstunde lang Klamotten anprobiert. Er wird zur Teilnahme an Aktivitäten wie Formationstanz verdonnert, soll seinerseits aber Stadionbesuche und seinen wöchentlichen Doppelkopfabend zugunsten der obligatorischen »Kuschelzeit« opfern. Wenn sie mit ihm spricht, dann immer von oben herab und mit nörgeligem Unterton: »Liebling, ich hab' dir doch *gesagt,* dass wir die Kohlenhydrate weglassen wollen. Also schmeiß diesen Mohnkuchen in den Müll!«

Tipp: Der Jaschatz mag auf den ersten Blick wie der perfekte, jederzeit hilfsbereite Partner wirken. Aber überlegen Sie es sich gut, bevor Sie sich einen einfangen. Sein fehlendes Rückgrat und seine Unfähigkeit, eigene Interessen zu vertreten, können sehr schnell Brechreiz auslösen, es sei denn, Sie haben selbst einen Hang zur fordernden Dominatrix.

Lieder, die er mag: »Anything You Want« von Roy Orbison, »Bitte, bitte, lass mich dein Sklave sein« von In Extremo, »Was immer du willst« von Marlon.

Der Dr. Oetker

(haushaltsfex manufactum)

Der Dr. Oetker kann nicht nur kochen, putzen, bügeln, er besitzt auch Serviettenringe – und benutzt sie sogar. Er ist mit exotischen Früchten vertraut, die den Rest der zivilisierten Welt in größtes Erstaunen versetzen (»Persimonen?« »Cherimoya?«) und kann die Fadenzahl eines Tischtuchs durch bloßes Berühren spüren. Er liebt es, ausgiebige, üppige, yuppiehafte Dinner-Partys zu veranstalten, bei denen er Dinge wie seine neuen Eis- und Dessertschalen aus Edelstahl oder seine herzförmigen Streuschablonen, die diese schönen Kakaoherzchen auf den Cappuccino zaubern, zum Einsatz bringen kann. Er redet ununterbrochen über die Vorzüge von Swiffer-Staubtüchern und verfügt über unerfreulich gute Weinkenntnisse.

Tipp: Der Dr. Oetker erwartet von Ihnen, dass Ihre Wohnung immer schön aufgeräumt ist. Es reicht aber, wenn Sie die wichtigsten Dinge erledigen – Ihr Bett machen und den Mülleimer leeren. Den Rest schafft er dann unaufgefordert ganz nebenbei, und zwar jedes Mal, wenn er Sie besuchen kommt.

Lieder, die er mag: »Unser Haus« von den Toten Hosen, »Das bisschen Haushalt« von Johanna von Koczian, »Head of Household« von Jagged Edge.

Der mit der Schwiegermutter tanzt

(mater ponderosa)

Diese umtriebige und äußerst berechenbare Unterart des Wellensittichs trägt die Worte »sesshaft werden« in Leuchtschrift quer über der Stirn. Er lebt vermutlich in der Nachbarschaft, besucht regelmäßig den Gottesdienst, spricht Ihre Mutter mit »gnädige Frau« an und hat einen unkündbaren, aber langweiligen Beamtenjob, mit dem er auf jeden Fall eine Familie ernähren kann. Ihre Mutter ist sein größter Fan und jedes Mal, wenn sein Name fällt, strahlt sie über das ganze Gesicht, während sie bereits in aller Heimlichkeit die Einzelheiten für Ihre Hochzeit plant.

Tipp: Da Ihre Mutter auf ihn steht, finden Sie ihn vollkommen unattraktiv. Diese Tatsache führt regelmäßig zu schnippischen Wortwechseln zwischen Ihnen und ihr, in deren Verlauf Sie mit solch aufwühlenden Fragen und Bemerkungen wie: »Wieso willst du ihm nicht wenigstens *eine* Chance geben?« oder: »Aber er ist doch so ein *netter* Junge« rechnen müssen.

Lieder, die er mag: »The Boy Next Door« von Judy Garland, »Tausend Mal berührt (tausend Mal ist nichts passiert)« von Klaus Lage.

Der vorstädtische Kellerschnäpper

(hotelmama aeternum)

Diese Unterart – eine Laune der Evolution – lebt im halb ausgebauten Keller, über der Garage oder im Wohnmobil auf dem Hinterhof seines Elternhauses. Er behauptet zwar, es handele sich dabei nur um einen vorübergehenden Zustand, unternimmt aber rein gar nichts zur Veränderung seiner Wohnsituation. Seine Einrichtung besteht aus geerbten Möbeln, Veloursteppichen und Wänden aus Pappe. Die sind auch der Anlass für das gezischte »Nicht so laut!« während gewisser zärtlicher Stunden auf seinem Feldbett oder Schlafsofa.

Zum tieferen Verständnis

Der Film *Mr. Mom*
John Kennedy Toole:
Die Verschwörung der Idioten
Volker Elis Pilgrim: *Muttersöhne*

Tipp: Wenn Sie bei ihm sind, müssen Sie jede Menge überflüssigen Smalltalk mit seinen Eltern ertragen. Wenn Annette auf dem Weg in die Waschküche »mal kurz reinschaut«, dann fühlen Sie sich fast wieder in die Schulzeit zurückversetzt.

Andererseits ist immer etwas Vernünftiges zum Essen da.

Lieder, die er mag: »Mama I'm Coming Home« von Ozzy Osbourne, »Mutter« von Rammstein.

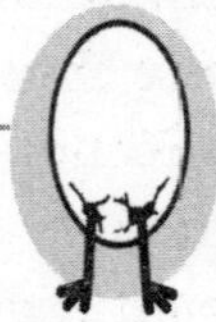

Dem Jungmännchen auf der Spur

Als kleiner Junge hat er immer gerne mit den Mädchen aus der Nachbarschaft Gummitwist gespielt und freiwillig auf ihre Puppen aufgepasst.

Wellensittiche

und die Frauen, die Wellensittiche lieben ...

Bringt das freundliche Zwitschern eines Wellensittichs tatsächlich Ihr Blut in Wallung? Vielleicht gehören Sie ja zu der Sorte Frau, die einen Mann sucht, auf den sie sich verlassen kann – einen, der ihre Bedürfnisse kennt und achtet und der es aufrichtig meint, wenn er sagt: »Dein Wunsch ist mir Befehl.« Aber wahrscheinlich sind Sie einfach nur ein Mädchen, das die ganzen Spielereien und

Tricks der modernen Junggesellen satthat. Und Sie suchen jemanden, der sich ebenfalls einen weiß gestrichenen Gartenzaun wünscht – und der kein Bedürfnis verspürt, darüber hinwegzuspringen. Wenn er sich mit Ihrer Mutter gut versteht (oder zumindest mit seiner eigenen), dann könnten Sie ihn durchaus ernsthaft in Erwägung ziehen. Sicher, es gibt in Ihrer Umgebung auch den einen oder anderen weniger zuverlässigen Mann, der sich über das respektvolle Gebaren des Wellensittichs lustig macht. Aber solange er gut kocht und gründlich putzt, überlassen Sie ihm gerne den Titel des »Herrschers des Hauses«.

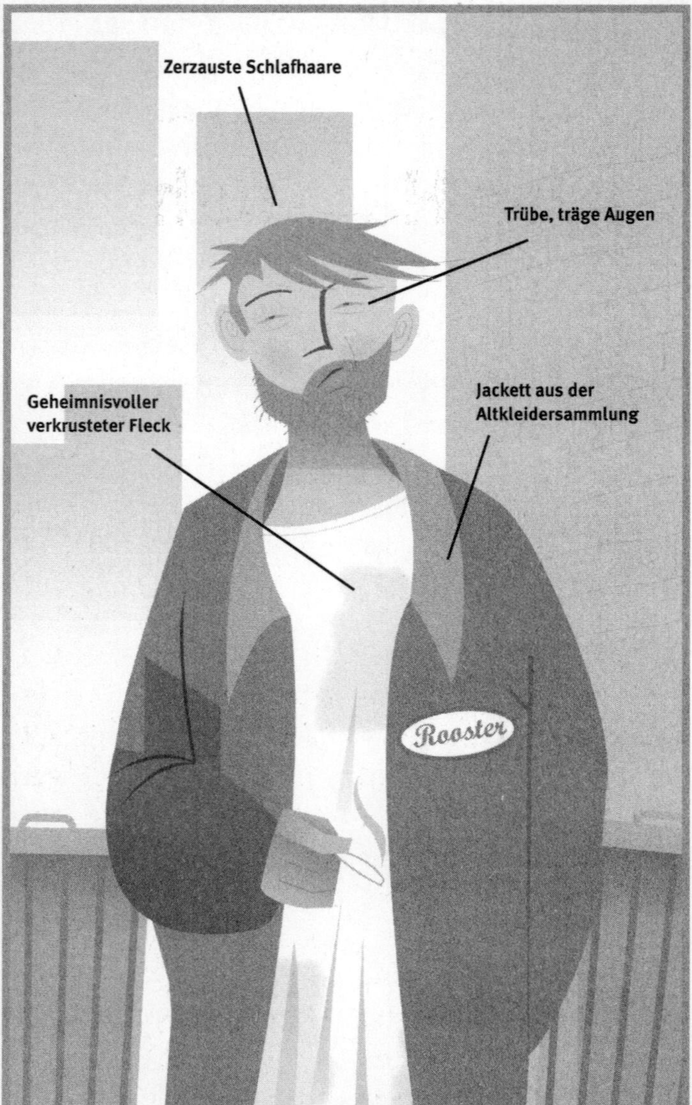

Zerzauste Schlafhaare
Trübe, träge Augen
Geheimnisvoller verkrusteter Fleck
Jackett aus der Altkleidersammlung
Rooster

KAPITEL ZWÖLF

Das Haushuhn

»Besonders stark ausgeprägt ist immer noch der Drang, ein Sandbad zu nehmen ...«

Aus einer *Empfehlung der Europäischen Kommission zur Haushuhn-Haltung,* die am 28. November 1995 vom Ständigen Rat der Europäischen Union verabschiedet wurde.

In der freien Natur sind »Hühnchen« jene Geschöpfe, die knusprig gebraten, saftig und lecker vor Ihnen auf dem Teller liegen. In der Welt der Beziehungsanbahnung jedoch dreht sich beim Anblick eines mitteleuropäischen Haushuhns eher der Magen um, als dass die Speicheldrüsen aktiviert werden. Es kommt in zahlreichen Spielarten vor und ist in jeder gesellschaftlichen Schicht und in jeder Umgebung verbreitet. Daher haben selbst die unerfahrensten Männchenbeobachterinnen garantiert schon einmal ein schönes Exemplar dieser Gattung beobachtet, gerochen oder sich bei seinem Anblick spontan übergeben. Zwar bringen diese Männchen zweifellos viele positive Eigenschaften mit, aber es lässt sich beim besten Willen nicht verleugnen, dass sie der Grund für die Erfindung von Geruchsvernichtern, Pfefferminzbonbons und Feuchttüchern gewesen sein müssen.

Federkleid: Da das Haushuhn-Männchen keinen angeborenen Trieb zur Pflege seines Äußeren besitzt, wirkt es meist wie ein Schiffbrüchiger, der jahrelang auf einer einsamen Insel ausgeharrt hat und erst kürzlich wieder in die Zivilisation zurückgekehrt ist. Es trägt zerrissene, fleckige oder nach Schweiß riechende Klamotten, die es aus einem der schimmeligen Haufen mit ungewaschener Wäsche in seinem Wandschrank gezogen hat. Seine Schuhe und Socken geben giftige Dämpfe ab, die jede Sondermülldeponie vor erhebliche Probleme stellen würden. Und, nein, seine Haare sind nicht etwa durch den übermäßigen Einsatz von Gel so strähnig und ungepflegt geworden – es handelt sich lediglich um ihre ganz natürliche Fettschicht.

Verhaltensmerkmale: Lassen wir einmal dahingestellt, ob sein zerzaustes Erscheinungsbild ihm nicht bewusst ist, ob er gerade dabei ist, seinem »ursprünglichen Ich« zu begegnen, oder ob er schlichtweg zu unreif ist, um zu bemerken, dass die öffentliche Demonstration bestimmter Körperfunktionen weit weniger witzig ist, als er selbst glaubt – das Haushuhn ruft in jedem Fall Widerwillen und Ekel hervor. Es wäscht sich nur selten die Hände und rülpst, nachdem es abgelaufene Milch direkt aus dem Karton getrunken hat. Es kratzt sich geistesabwesend in aller Öffentlichkeit in der Lendengegend und schnappt sich ohne mit der Wimper zu zucken die beiden letzten Kekse vom Teller. Gelegentlich erwischt man es auch beim genüsslichen Verzehr eines »Nasenmanns« oder mit »offenem Pferdestall«.

Balz: Das Haushuhn sieht auch im Vorfeld des Balzrituals keine Veranlassung, sich zu duschen oder zu rasieren (hegt aber umgekehrt auch an Sie keinerlei Erwartungen bezüglich der Reinlichkeit). Bei Ihrer ersten Verabredung – nachdem Sie sich zwischen leeren Chipstüten und gammeligen Hamburger-Verpackungen einen Platz auf dem Beifahrersitz freigeschaufelt haben – entführt er Sie in eine winzige Spelunke mit knallbunten Neonröhren und einer fragwürdigen Interpretation der durch die Gewerbeaufsicht vorgegebenen Hygienevorschriften. Und Vorsicht, wenn Sie schließlich doch in seinem Bett landen – gut möglich, dass er in der Zeit, in der Sie sich »kurz frisch machen«, kräftig unter die Bettdecke furzt, nur um Sie anschließend mit lautem Gejohle darunter zu begraben.

Lebensraum: Das Haushuhn findet man auf mehrtägigen Rock-Festivals wie zum Beispiel dem Roskilde-Festival, dem Hurricane-Festival in Scheeßel oder dem Zabbaduschder Openair im schwäbischen Urbach. Anschließend unternimmt es gerne wochenlange Ausflüge »in die Natur«. Dabei schläft es im Auto, da es sehr gut an das Leben im Freien angepasst ist und wunderbar ohne sanitäre Anlagen auskommt. Gelegentlich benutzt es ohne mit der Wimper zu zucken Dixie-Klos und Tankstellen-WCs. In Städten wird es oft fälschlicherweise als gewöhnlicher Obdachloser eingestuft.

Nistplatz: Im Unterschlupf des Haushuhns herrscht ein durchdringender, undefinierbarer Gestank und beim Betrachten der Einrichtung fühlen Sie sich stark an alte Aufnahmen von der Bombardierung Dresdens erinnert. Teller mit Essensresten balancieren auf dem Rand der Spüle und die Dinge in seinem Kühlschrank sehen so pelzig aus, dass es sich auch um einen veritablen Haustier-Zoo handeln könnte. Der schlimmste Alptraum jedoch ist das Badezimmer, das man am besten nur mit einem in weite Ferne gerichteten Blick betritt. Die Chance, Toilettenpapier vorzufinden, ist gering und das Seifenstück – falls überhaupt vorhanden – klebt so fest am Waschbecken, dass es praktisch unbenutzbar ist. (Eine Benutzung der Toilette ist um jeden Preis zu vermeiden. In absoluten Notfällen entscheiden Sie sich am besten für die bewährte Hockstellung, auf jeden Fall ohne direkte Berührung mit irgendeinem Einrichtungsgegenstand.)

Lockmittel: Wischen Sie die lächerlichen Hygienevorstellungen des Gesundheitsamtes ebenso beiseite wie Ihr Bedürfnis nach Luxusgegenständen wie sauberem Besteck oder Zahnseide. Lassen Sie sein niedliches Haustier, das Frettchen, ohne mit der Wimper zu zucken auf Ihren Rock pinkeln und schon haben Sie das Herz des Haushuhn-Männchens im Sturm erobert.

Was Vogel und Männchen eint

Gefiederte Haushühner finden Gefallen daran, sich auf dem Boden zu wälzen und in eine Dreckschicht zu hüllen. Dieses Ritual nennt man »Sandbad«. So fühlt sich auch das Haushuhn-Männchen erst richtig wohl, wenn es die eigentlich notwendige Dusche wochenlang hinauszögern kann (In seltenen Fällen zieht es sogar eine sichtbare Staub- und Geruchswolke hinter sich her – wie Pigpen aus der Peanuts-Bande).

Fluchtverhalten: Während er seine »Ich mach' Schluss«-Rede hält, widmet er sich, anstatt Ihnen in die Augen zu sehen, intensiv dem Klumpen Ohrenschmalz, den er aus seinem Innenohr gepopelt hat. Sie selbst sind durch den geheimnisvollen, verkrusteten Fleck auf seinem Hemd so abgelenkt, dass Sie kaum mitbekommen, was er eigentlich sagt. Aber seien wir ehrlich: Höchstwahrscheinlich sind *Sie* es doch, die *ihm* den Laufpass gibt, weil Sie es einfach nicht länger ertragen, dass er seinem Hemdsärmel Aufgaben anvertraut, für deren Erledigung die praktische Haushaltsrolle erfunden wurde.

Was für ihn spricht: Nicht nur, dass er sich wunderbar mit Ihrem kleinen, prä-pubertären Bruder versteht, er blockiert zudem auch nie das Badezimmer, da ihm sein äußeres Erscheinungsbild total egal ist.

Die Unterarten

Der Naive Dreckler

(fidelicus unhygienicus)

Wie der Name schon sagt, ist dem Naiven Dreckler zu keinem Zeitpunkt bewusst, dass sein generelles Desinteresse an allen Aspekten der Körperpflege auf andere abstoßend wirkt. Sei es sein chronischer Mundgeruch, sei es die Tatsache, dass er im Mai 2003 das letzte Mal die Bettwäsche gewechselt hat, oder einfach die Unbedarftheit, mit der er sich fragt, was eigentlich falsch daran sein soll, die Unterhose in der zweiten Woche einfach verkehrt herum anzuziehen – alles in allem mehr als genug Anlass für Meister Proper, ihm eine deftige Tracht Prügel zu verpassen.

Tipp: Lernen Sie, Kompromisse einzugehen. Vielleicht lässt er sich ja überreden, zu Ihrer Betriebs-Weihnachtsfeier ein sauberes Hemd anzuziehen, wenn Sie ihm dafür seine alten Turnschuhe lassen, die er nur noch mit Klebeband am Fuß befestigen kann.

Lieder, die er mag: »That Smell« von Lynyrd Skynyrd, »Dirty« von Christina Aguilera, »Männer sind Schweine« von den Ärzten, »Du riechst so gut« von Rammstein (nur ironisch gemeint).

Das Unreife Früchtchen

(frechdax präpubertatis)

Das Unreife Früchtchen hat seine psychische Entwicklung mit dem Erreichen des siebten Lebensjahres eingestellt und daher nur eines im Kopf: Ihnen einen Schreck einzujagen, indem er die Augenlider nach oben klappt, seinen Daumen im Hundertachtzig-Grad-Winkel nach hinten abknickt oder das Alphabet rülpst. Bei einem Besuch im Zoo gibt es für ihn nichts Schöneres, als kopulierenden Tieren zuzusehen. In jedem seiner Sätze kommen im Durchschnitt 2,4 Kraftausdrücke vor und er verfügt über ein beeindruckendes Reservoir an geschmacklosen und/oder dämlichen Bezeichnungen für den Geschlechtsverkehr (zum Beispiel: »die Pinsel-Polka tanzen«).

Tipp: Diese Gattung besucht in Scharen die Filme der Farrelly-Brüder. Beim ersten Besuch bei Ihrer Mutter besitzt er immerhin so viel Geistesgegenwart, sein unmögliches Verhalten mit einem Luther-Zitat abzufedern. (»Warum rülpset und furzet ihr nicht? Hat es euch nicht geschmecket?«)

Lieder, die er mag: »The Hawaiian Pups« von Baby Judy, »Besoffene Kinder« von Bushido.

In freier Wildbahn

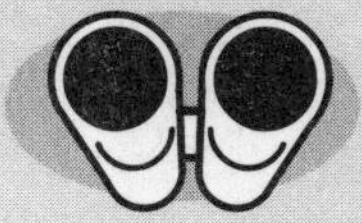

Nick Nolte
Mickey Rourke
Bart Simpson
Klaus-Jürgen Wussow (betrunken)
Axel Stein
Ekel Alfred

Der Feld-, Wald- und Wiesenschmutzfink

(baumumarmum schmutzunddreck)

Der Feld-, Wald- und Wiesenschmutzfink ist ein großer Verehrer des Naturschutzes und des Lebens im Freien ganz allgemein. Daher hält er auch nichts von »unnatürlichen« Hygienemaßnahmen. Er tritt oft mit Vollbart auf, badet nur unregelmäßig (um Wasser zu sparen) und lehnt die meisten Desinfektions- und Reinigungsmittel ab (dazu gehören leider auch Deos). Über der Toilette hängt ein handgemaltes Schild, auf dem steht: »Nicht alles, was stinkt, ist Chemie.« Aber eine Beziehung mit einem Feld-, Wald- und Wiesenschmutzfink hat auch positive Aspekte: Ab sofort brauchen Sie sich nicht mehr die Achseln zu rasieren.

Tipp: Um einen Feld-, Wald- und Wiesenschmutzfink anzulocken, kleben Sie sich am besten einen Grateful-Dead-Aufkleber auf die Stoßstange und nehmen ihn zum nächsten Phish-Konzert mit.

Lieder, die er mag: »You Never Wash Up After Yourself« von Radiohead, »Ich mag Müll« von Griesgram Oskar aus der Sesamstraße, »Ich bin der Martin, ne« von Diether Krebs, alles von der Nitty Gritty Dirt Band.

Das Haushuhn

und die Frauen, die das Haushuhn lieben ...

Falls Sie in der Lage sind, im Namen der Liebe Gestank und eine verwahrloste Bude in Kauf zu nehmen, dann herzlichen Glückwunsch – Sie sind ein guter Mensch, besser jedenfalls als die meisten Ihrer Geschlechtsgenossinnen. Sie haben mit den niedrigsten und natürlichsten Aspekten der menschlichen Existenz Ihren Frieden gemacht und sind tolerant, haben einen stabilen Magen und lassen sich auch durch die direkte Begegnung mit Körperflüssigkeiten – zum Beispiel auf einer vollgepinkelten Klobrille – nicht aus der Ruhe bringen. Ihnen kommt es in erster Linie auf die innere

Schönheit an, selbst, wenn die äußere Hülle alles andere als makellos ist. (Es drängt sich die Parallele zu »Die Schöne und das Biest« auf, zumindest, wenn das Biest auf der städtischen Müllkippe gewohnt, sich jedem Bad verweigert und sich wohl kaum in einen Prinzen verwandelt hätte.) Sie sind entweder sehr aufgeschlossen oder aber, wenn wir uns so weit vorwagen dürfen, einfach ein kleines Schmutzfink-Weibchen, das sich gerne mit seinesgleichen herumtreibt.

Mehrere Handys mit üppigen Freikontingenten für nachts und die Wochenenden
Quasselschnabel
ABER ZURÜCK ZUM THEMA ...
DA FÄLLT MIR GERADE EIN ...
LANGER REDE KURZER SINN ...
Grelles Hemd – falls Sie ihn nicht hören, dann können Sie ihn auf jeden Fall sehen
Angeber-Cordsamthose

Kapitel dreizehn

Die Krähe

> Die Krähen versammelten sich jedes Mal auf dem Geländer am anderen Ende und sprachen über mich – sie saßen dort, auf unverschämteste Art und Weise, und redeten über meine Kleidung, meine Frisur und meinen Teint, über meinen wahrscheinlichen Charakter, meine Berufung und die Politik ...
>
> aus: Mark Twain, *Dem Äquator nach*

Im Englischen bezeichnet man mit der Redewendung »im Krähenflug« die kürzeste Entfernung zwischen zwei Punkten. Im Gespräch jedoch bevorzugen die Krähen-Männchen eine eher kreisförmige Annäherung – falls sie überhaupt jemals zum entscheidenden Punkt vordringen. Genau wie ihre lauten, gefiederten Verwandten (deren beständiges »Krah! Krah!« tatsächlich nur von echten Hexen und den bösen Schwiegermüttern in Disney-Zeichentrickfilmen ertragen werden kann) ist auch das geschwätzige Krähen-Männchen nie um Worte verlegen. Da es offensichtlich noch nie gehört hat, dass Schweigen Gold ist, ruht es nicht eher, bis es Sie mit seinen zusammenhanglosen Geschichten und seinem nervtötenden Gelaber ins Koma geredet hat. Lässt sich die gefiederte Krähe wenigstens durch Vogelscheuchen oder steinerne Eulen von den Getreidefeldern der Bauern fernhalten, so sind in der Welt der Beziehungsanbahnung für die Frauen, die unfreiwillig in die Hände eines Krähen-Männchens geraten sind, keine vergleichbaren Maßnahmen bekannt. Jetzt gibt es nichts mehr, was ihn noch verscheuchen könnte …

Federkleid: Die äußere Erscheinung einer Krähe ist meist nicht der Rede Wert, aber seien Sie versichert: Er kommt Ihnen garantiert mit irgendeiner langweiligen Geschichte, sei es nun seine Odyssee durch drei verschiedene H&M-Filialen auf der Suche nach einem Sweatshirt in der richtigen Größe (eine Erzählung, die alles in allem dreiundzwanzig Minuten in Anspruch nimmt), oder aber die atemberaubende Enthüllung, dass sein Friseur auch dem Stiefbruder des Nachbarn von Ingolf Lück die Haare schneidet. (Diese Anekdote hat er Ihnen allerdings schon mindestens zweimal erzählt.)

Verhaltensmerkmale: Da die Krähe mit der Eigenschaft gesegnet (oder gestraft) ist, wie ein Wasserfall reden zu können, kann sie jederzeit und ohne Problem praktisch mit jedem ein Gespräch beginnen, seien es irgendwelche Unbekannten in der Kassenschlange im Supermarkt (»Ah, Zitronensorbet! Genau das Richtige in dieser Jahreszeit!«) oder zufällige Sitznachbarn im Flugzeug, die eindeutig gehofft hatten, sich während des vierstündigen Flugs mit ihrem Buch beschäftigen zu können, anstatt der Lebensgeschichte der Krähe lauschen zu müssen. Während eines Zwiegesprächs täuscht die Krähe durch wiederholtes, übereifriges »Mm-hmm, Mm-hmm, Mm-hmm« Aufmerksamkeit vor, versucht aber immerfort, den Gesprächsfaden selbst in die Hand zu bekommen. Es dauert endlos, bis ihre ausschweifenden Anekdoten endlich die Pointe erreicht haben – wenn überhaupt. Außerdem ist sie Klatsch und Tratsch gegenüber sehr aufgeschlossen, versäumt es aber jedes Mal, den dabei eigentlich angemessenen, verschwörerisch-leisen Tonfall anzuschlagen.

Balz: Telefonate mit der Krähe während der Werbungsphase ziehen sich über Stunden hin, auch wenn Sie selbst höchstens gelegentlich einmal ein »Toll!« oder ein »Hmm« zwischen seine Wortkaskaden schieben können. Das hat aber auch sein Gutes. So müssen Sie nie wieder diese Augenblicke der peinlichen Stille ertragen, in denen man sich automatisch fragt, ob man überhaupt zusammenpasst. Sobald Sie offiziell ein Paar geworden sind, lässt die Krähe regelmäßig Ansprachen zum Thema »Entwicklungen und Tendenzen unserer Beziehung« vom Stapel und will auch noch den kleinsten Aspekt Ihrer Liaison gründlichst ausdiskutieren. (»Und es macht dir *wirklich* nichts aus, auf der linken Seite des Bettes zu schlafen?«)

Lebensraum: Die allgegenwärtige Krähe fällt besonders an Orten auf, wo ihr sinnloses Gequatsche unüberhörbar ist: in Bibliotheken, Gotteshäusern, Kammermusikkonzerten und wissenschaftlichen Vorträgen, in deren Verlauf sie sich wiederholt zu Wort meldet, um den Redner mit Unmut erregend belanglosen Fragen zu bombardieren. Auch treibt sie sich gerne in Karaoke-Bars (am Mikrofon) und in der Nähe des Getränkeautomaten im Büro herum, immer auf der Suche nach jemandem, mit dem sie den neuesten Tratsch und Klatsch austauschen kann. (»Hey, ich hab' gehört, die neue Sekretärin war früher mal Stripperin.«)

Nistplatz: Der Zufluchtsort des Krähen-Männchens ist eine einzige Sammlung von Gesprächsgegenständen und zu jedem fällt ihm eine bis zum Erbrechen in die Länge gezogene Geschichte ein. (Wir ersparen Ihnen weitere Einzelheiten, aber seien Sie versichert: Er nicht!) Irgendwo im Flur oder einem anderen stark frequentierten Bereich seiner Wohnung hängt vermutlich ein mit einem Bewegungsmelder verbundener Singender Fisch, dessen »Gesang« Sie jedes Mal aufs Neue zu Tode erschreckt. Außerdem plärrt ständig mindestens der Fernseher oder die Stereoanlage und oft genug auch beide zusammen.

Lockmittel: Leihen Sie ihm Ihr Ohr, geben Sie sich fasziniert von seinen Geschichten und schmeicheln Sie ihm, indem Sie ihn mit großen Erzählern der Antike wie Virgil, Cicero oder den Gebrüdern Grimm vergleichen. Wenn irgendwann der Zeitpunkt gekommen ist, wo Sie seinen leiernden Monolog einfach unterbrechen *müssen,* dann fallen Sie ihm mit dem Ausruf: »Jetzt wird geknutscht!« ins Wort. Pressen Sie Ihre Lippen auf seine und holen Sie unter gar keinen Umständen Luft.

Was Vogel und Männchen eint

Mit ihrem Repertoire von über zwanzig verschiedenen Tönen, angefangen beim normalen »Krah!« bis hin zu glockenähnlichen Klängen, Klapper- und Klickgeräuschen werden die Krähen zu den intelligentesten Vogelarten überhaupt gerechnet. Außerdem verfügen sie über ein ausgezeichnetes Gedächtnis. Das verbindet sie mit dem Krähen-Männchen, der daher die merkwürdigsten (und sinnlosesten) Fakten und Zahlen wiedergeben kann. (»Hast du eigentlich gewusst, dass die jährliche Niederschlagsmenge am Mount Wai'ale'ale auf Hawaii im Durchschnitt 11 685 Liter pro Quadratmeter beträgt?«)

Fluchtverhalten: Er gibt Ihnen mit dem ironischen Kommentar »Ich hab' das Gefühl, wir reden gar nicht mehr miteinander« den Laufpass.

Was für ihn spricht: Er kann mit absolut jedem reden, angefangen bei Ihrer Mutter über Ihren Briefträger bis hin zu Ihrem Vater, der im Wachkoma im Pflegeheim liegt. Als Papa erzählt er den Kindern so fantastische Gute-Nacht-Geschichten, dass sie nach wenigen Minuten bereits selig im Traumland weilen.

Die Unterarten

Der Gemeine Langweiler

(monotonus überdrus)

Mit immer gleicher, monotoner Stimme lässt sich der Gemeine Langweiler über Themen aus, die wirklich niemanden auch nur im Entferntesten interessieren, seien es detailreiche Schilderungen der Uniformen der am französisch-preußischen Krieg von 1870/71 beteiligten Truppen oder die Feinheiten der Metallurgie. Es macht ihm Spaß, »Seemannsgarn zu spinnen«, aber vielleicht schildert er Ihnen auch Spielzug für Spielzug ein Fußballspiel, liefert Ihnen eine seitengenaue Nacherzählung eines Tolstoi-Romans oder stellt minutiös eine komplette Folge »GZSZ« nach.

Tipp: Wenn er eine Erzählung mit den Worten »Da fällt mir ein, wie ich einmal …« einleitet, können Sie getrost abschalten. Lernen Sie, diese Geschichten mit einem interessierten Gesichtsausdruck zu überstehen, während Sie Ihren eigenen Gedanken nachhängen oder sich überlegen, was Sie im Anschluss noch alles zu erledigen haben.

Lieder, die er mag: Alles von Art of Noise, aber keinesfalls »Don't Speak« von No Doubt oder »Enjoy the Silence« von Depeche Mode.

Der Propaganda-Prinz

(rex medialis)

Der Propaganda-Prinz ist für ein Leben als Politiker oder Öffentlichkeitsarbeiter geschaffen und hat auf alles eine Antwort, auch wenn er sich dazu etwas ausdenken muss. Dieses auch »Flunkerfreund« genannte Männchen ist in jeder Minute seines Lebens damit beschäftigt, seine Sache zu vertreten und andere ebenfalls davon zu überzeugen. Gelegentlich bedient er sich wirkmächtiger Fremdwörter wie »Kommensurabilität« oder »Dichotomie«, um seine Schönfärbereien und seine Doppelzüngigkeit verträglicher erscheinen zu lassen. Schließlich hatte er nicht etwa »ein Verhältnis«, sondern war »aktiv an einer ernsthaften Überprüfung der Belastbarkeit des Ehegelübdes beteiligt« …

Tipp: Da die Geschichten des Propaganda-Prinzen grundsätzlich ein Happy-End haben, hat er ein gewisses Geschick im Verdrehen historischer Tatsachen entwickelt. So ist die globale Erderwärmung und das bevorstehende Ansteigen des Meeresspiegels für ihn nichts weiter als die Aussicht auf »verbesserte Bademöglichkeiten in bislang meeresfernen Gebieten«.

Lieder, die er mag: »Laber, laber« von Benjie, »Was kann schöner sein auf Erden, als Politiker zu werden« von Reinhard Mey.

Der Papa-Schnacka

(labersackus parentalis)

Der an seinen schlechten Witzen und noch schlechteren Ratschlägen erkennbare Papa-Schnacka vertritt zumindest fragwürdige Einstellungen zu Themen wie »alternativer Lebensstil« oder »Partnerschaft mit einem arbeitslosen Künstler«, die er jedoch als naiv-väterliche Besorgnis tarnt. Gut möglich, dass er sich schon frühzeitig einen Bierbauch zugelegt hat. Außerdem ist er berühmt für lächerliche Bemerkungen, die lediglich sein eigenes Spießertum entlarven. (»Ein Augenbrauen-Piercing? Damit alle glauben, dass du dir Haschisch spritzt?«)

Tipp: Ersparen Sie sich ein paar nervtötende Vorträge, indem Sie regelmäßig das Motoröl Ihres Autos wechseln und nur bei guter Beleuchtung lesen.

Aber vergessen Sie ja nicht, das Licht zu löschen, sobald Sie den Raum verlassen. (»Glaubst du vielleicht, der Strom wächst auf Bäumen?«)

Lieder, die er mag: »Papa Don't Preach« von Madonna, »Father Figure« von George Michael, »Der alte Vater« von den Zillertaler Schürzenjägern, aber sicher nicht »Papa Was A Rolling Stone« von den Temptations.

Der Megafonio

(decibel abominabilis)

Das herausragende Kennzeichen des Megafonio ist, wie der Name bereits sagt, das Fehlen einer Lautstärkeregelung, was er bedauerlicherweise immer wieder in aller Öffentlichkeit demonstriert. Entweder platzt er im Kino mit ungebetenen Bemerkungen heraus (»Ich hab' gehört, dass der da der Mörder sein soll!«) oder er lässt die halbe Welt an seinen beschämend persönlichen Handygesprächen teilhaben. (»Mama, ich hab' ihr das mit dem Ausschlag gesagt! Schon vorher! Jetzt beruhig' dich wieder!«) In jedem Fall aber sorgt er dafür, dass Sie zu flüstern anfangen, weil Sie verzweifelt versuchen, seinen dröhnenden Auftritt wieder wettzumachen.

In freier Wildbahn

Thomas Gottschalk
Oliver Pocher
Alf vom Planeten Melmac
Atze Schröder
Lothar Matthäus

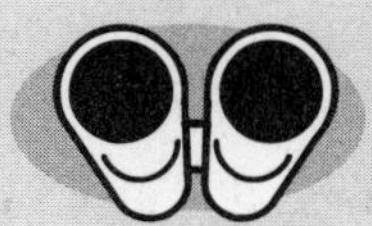

Tipp: Sein freizügiger Umgang mit Schimpfwörtern und Flüchen während der 80. Geburtstagsfeier Ihrer Oma (noch vor dem ersten Glas Sekt!) trägt Ihnen eine Menge böser Blicke und knallrote Bäckchen ein. Andererseits verlieren Sie ihn auf Partys oder gut besuchten Rockkonzerten nie aus den Augen (bzw. Ohren). Und sollten Sie sich einmal gemeinsam im Wald verlaufen, dann können sich seine Power-Stimmbänder sogar als Leben rettend erweisen.

Futter!

Macht Kaugummiblasen, schlürft die Suppe und beißt krachend in Äpfel und Chips.

Lieder, die er mag: »Let's Get Loud« von Jennifer Lopez, »Klatsch und Tratsch« von den Wise Guys, »Lauth anhören« von den Sportfreunden Stiller.

Krähen

und die Frauen, die Krähen lieben …

Die Klatschbasen unter Ihnen mögen vielleicht glauben, dass sie perfekt zu einer Krähe passen, aber in Wirklichkeit kann nur ein ruhiges Wesen das dringend notwendige Gegengewicht zum ständigen Gekrächze dieser geschwätzigen Gattung bilden. Auch wenn der hier behandelte Vogel oft genug als Unglücksbote betrachtet wurde, so weiß doch jede Frau, die eine Krähe liebt, ganz genau, was sie an seiner Kommunikationsfreudigkeit hat. Sie weiß jederzeit, was er gerade denkt … und das, ohne ihn ein einziges Mal darum bitten zu müssen. Außerdem hat sein lärmender Ein-Personen-Dialog eine angenehm einlullende Wirkung, so ähnlich wie bei anderen vielleicht der Fernseher. Im Tower von London nistet ein Schwarm miauender Raben (ebenfalls Mitglieder der Krähen-Familie) und die Engländer glauben, dass das britische Empire in sich zusammenbräche, sollten diese Raben einmal wegziehen. Vielleicht geht es Ihnen ähnlich, nachdem Sie sich einmal an das vertraute Geplapper gewöhnt haben, und Sie stellen fest, dass Sie sich ein Leben ohne ihn gar nicht mehr vorstellen können. Wenn also die kleine Stimme in Ihrem Ohr sagt: »Schnapp ihn dir«, dann wissen Sie, dass sie recht hat. Vergessen Sie allerdings nicht, dass die Stimme in Ihrem Ohr wahrscheinlich die seine war.

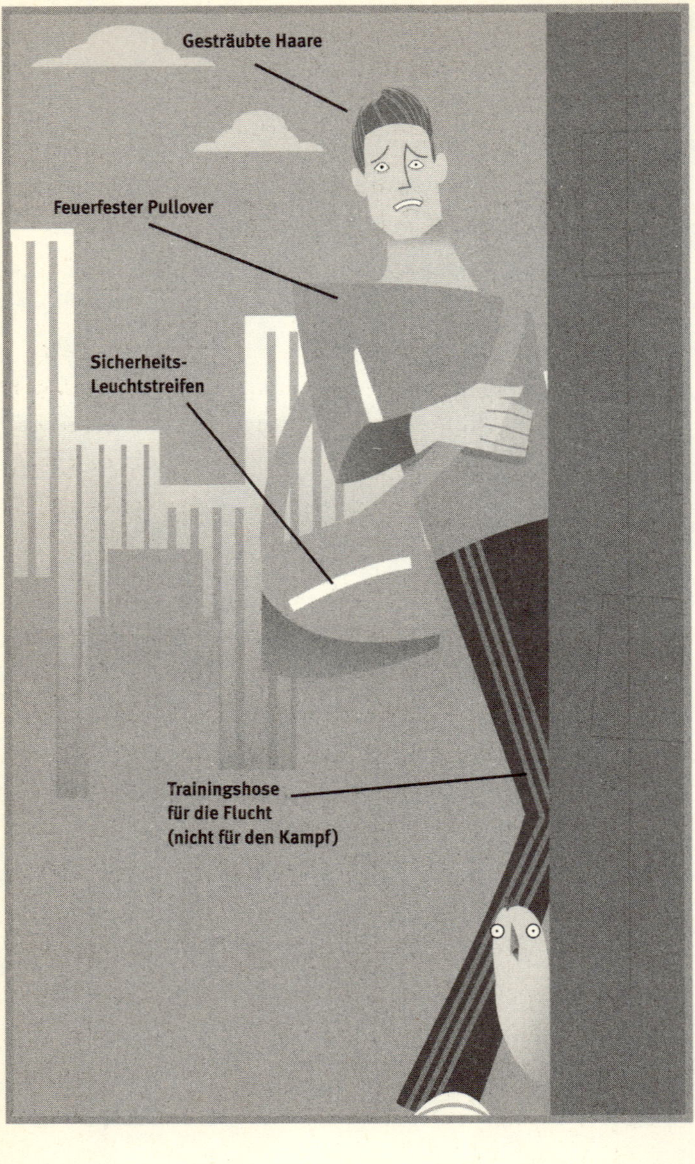
Gesträubte Haare
Feuerfester Pullover
Sicherheits-
Leuchtstreifen
Trainingshose
für die Flucht
(nicht für den Kampf)

Kapitel vierzehn

Das Hühnchen

Ich hatte bereits gehört, dass er ein sehr verschüchtertes Wesen sei, aber bei dieser Gelegenheit musste ich erkennen, dass er verängstigt war wie ein Hühnchen im Stroh.

aus: Alessandro Manzoni, *I Promessi Sposi*

Nimm ein schwarzes Huhn und drei Eidotter und Safran. Mache ein Loch in das Huhn, stopfe alles hinein, dann bedecke das Huhn mit Pferdemist, bis es faul wird. So findest Du gelbe Würmlein darinnen. Diese stecke allemal an die Angel und Du wirst Wunder erfahren.

Aus dem *Straßburger Fischbüchlein*

Es gibt eine Männchen-Gattung, deren Vertreter sich – ähnlich wie der kleine Chicken Little aus dem gleichnamigen Disney-Film, der mit seinem Weltuntergangsgeschrei eine ganze Stadt in Angst und Schrecken versetzt – ständig vor Angst in die Hosen machen, wenn sie es mit einem weiblichen Exemplar oder dem Leben überhaupt zu tun bekommen. Dabei mögen ihre Sensibilität und ihr friedliebender Charakter durchaus anziehend wirken, ihre Hasenfüßigkeit jedoch erweist sich eher als problematisch. Sei es nun das dürre Männchen am Strand, das mit Sand beworfen wird, das zitternde Kerlchen mit der Spinnen-Phobie oder der Typ aus dem »Glücksrad«, der das blöde Ding nicht einmal eine halbe Umdrehung weit drehen kann – gemeint sind jedenfalls all jene Weicheier und Jammerlappen, gegen die die sieben Geißlein wie wutschnaubende Mordmaschinen wirken.

Federkleid: Die meisten Hühnchen sind eher mager und zart gebaut, bevorzugen eine unauffällige Erscheinung und werden schon beim Gedanken an etwas Extravagantes starr vor Schreck. Falls ein Hühnchen es einmal wagen sollte, statt des üblichen weißen ein blassgelbes Hemd zu kaufen, dann bleibt dieser riskante Ausflug in die Welt der Farben für immer im Schrank liegen, und zwar vollständig verpackt. Friseurbesuche sorgen für besonders große Aufregung, da es sich jedes Mal sicher ist, dass es mit dem neuen Haarschnitt total bescheuert aussieht. Als sensible Außenstehende werden Sie es natürlich nicht darauf hinweisen, dass gar kein Unterschied erkennbar ist.

Verhaltensmerkmale: Hühnchen sind ständig in Sorge und Angst, und zwar aus jedem beliebigen Anlass: vor der unheimlichen Musikberieselung im Supermarkt, übereifrigen Teleshopping-Moderatoren, H&M-Verkäuferinnen, Mördern mit Lanzen und Spießen auf einsamen nächtlichen Landstraßen oder davor, in einem Schnellrestaurant auf der Toilette eingesperrt und vergessen zu werden. Sie sind bestens informiert über unterschiedlichste Krankheitssymptome und Katastrophen-Szenarien und lassen gerne jeden, der ihnen zuhören möchte, an ihrer Panik teilhaben. Doch Vorsicht: Gut möglich, dass Sie sich nach einer einzigen Unterhaltung eine Handgelenkstütze gegen Sehnenscheidenentzündung und eine Gasmaske für Ihren Hund zulegen wollen. Physisch und psychisch sind Hühnchen alles andere als robust: Schon von einem einzigen Clausthaler bekommen die meisten einen »heftigen Rausch« und nach jedem Film, in dem es irgendwie um Krankheiten geht (*Love Story, Zeit der Zärtlichkeit u.ä.*) sitzen sie den restlichen Abend lang verheult herum und sind zu nichts mehr zu gebrauchen.

Balz: Wenn die Zeit reif ist und sie sich mit einer Frau treffen sollten, geraten die Hühnchen in einen Zustand großer Erregung (Alarmstufe orange!). Manche schreiben sich vor dem Telefonat Wort für Wort auf, wie sie ihre Einladung formulieren sollen. (Gehen Sie davon aus, dass er etliche Male schnell wieder auflegt, bevor es ihm gelingt, sich tatsächlich zu Wort zu melden. Bis er dann zum Punkt kommt, ist noch einmal eine längere Phase des Räusperns und Stammelns zu überstehen.) Ein Hühnchen bleibt auch in einer festen Beziehung sensibel und braucht die regelmäßige Bestätigung Ihrer Liebe. Daher möchte er immer dann in den Arm genommen werden, wenn Sie eindeutig mit etwas anderem beschäftigt sind und zum Beispiel gerade Ihre Kontaktlinsen einsetzen oder eine Dichtung am Wasserhahn auswechseln wollen.

Lebensraum: Beim Hühnchen stellt sich weniger die Frage, wo man es findet, als vielmehr, wo man es bestimmt *nicht* findet. Dazu gehören Achterbahnen und schnelle Karussells, exotische Ferienorte, wo man leicht Gefahr läuft, von einem Hai ein Bein abgebissen zu bekommen oder mit dem Ebola-Virus infiziert zu werden, oder Kreiswehrersatzämter. Sie können aber getrost davon ausgehen, dass Hühnchen sich zu Orten hingezogen fühlen, wo ihre Sensibilität gefördert und gepriesen wird, so zum Beispiel in Frauenforschungs-Zentren und bei Mahnwachen gegen das Waldsterben.

Nistplatz: Rauchmelder und Kohlenmonoxid-Detektoren in jedem Zimmer, ein großzügig ausgestatteter Medizinschrank (mit Gegenmitteln gegen Anthrax und Vogelgrippe) sowie zahlreiche Sicherungsriegel an sämtlichen Außentüren machen das Nest des Hühnchens widerstandsfähiger als jeden Atombunker und außerdem hundertprozentig kindersicher. (Missverstehen Sie diese Besorgnis nicht als überbordenden väterlichen Instinkt. Er ist kein großer Freund kleiner Kinder. »Zu viele Bakterien.«) Aber Sie können sich sicher sein, dass sein Haus auf absolut erdbebensicherem Gebiet steht und mit großen Vorräten an Trinkwasser, Dosennahrung und Klebeband ausgestattet ist.

Was Vogel und Männchen eint

Hühnchen sind wählerische Esser und lassen alles liegen, was ihnen nicht schmeckt. Dasselbe lässt sich auch über Hühnchen-Männchen sagen, die sich konstant weigern, ihnen unbekannte, exotische Gerichte auch nur zu probieren, sei es nun Sushi (»Über die gesundheitlichen Risiken von rohem Fisch will ich nicht mal nachdenken!«), die äthiopische (»Das Brot sieht aus wie aufgeschwemmte Haut.«) oder die peruanische Küche (»Da rebelliert meine Verdauung!«).

Lockmittel: Ein Rendezvous mit einem Hühnchen erfordert eine gewisse Eigeninitiative. Die meisten Vertreter dieser Gattung sind zu schüchtern, um den ersten Schritt zu wagen, werden sich jedoch den Annäherungsversuchen eines entschieden auftretenden Weibchens nicht widersetzen. Gehen Sie sanft und ermutigend mit ihm um, als hätten Sie es mit einem verwaisten Kaninchen-Baby zu tun. Falls Sie sein Selbstbewusstsein stärken möchten, dann benehmen Sie sich ähnlich nervös wie er und täuschen Sie einen Sprachfehler vor.

Fluchtverhalten: Sobald die Sache ernst wird, flippt er aus. Oder aber er sieht im Fernsehen einen Bericht über einen Mann, der von seiner wahnsinnigen Freundin verfolgt wird. Oder einen Film. Jedenfalls flippt er aus. Weil er zu feige ist, um es Ihnen direkt ins Gesicht zu sagen, erledigt er das per Anrufbeantworter oder SMS … vielleicht meldet er sich auch einfach nicht mehr, geht nicht ans Telefon, lässt sich verleugnen und taucht komplett unter.

Was für ihn spricht: Lobenswert ist sein mangelhaft ausgeprägtes, Testosteron-bedingtes Machotum, das sich als tapfere Verweigerung allzu vorhersehbarer Geschlechter-Rollenspiele interpretieren lässt. Hinzu kommt, dass er viel zu verschämt ist, um seine Freundin zu betrügen.

Die Unterarten

Der Ängstliche Lieber-Nicht-Schnäbler

(ohnebiss zuvielschiss)

Er verfügt zwar über einen normal ausgeprägten Sexualtrieb, doch wird der Ängstliche Lieber-Nicht-Schnäbler von Angst und Schüchternheit übermannt, wenn es zur Sache gehen soll. Die bloße Tatsache, dass er sich mit einer begehrten und dazu noch weiblichen Person im selben Raum befindet, hat sofortiges Händeringen, nervöses Augenzucken sowie feuchte Handflächen zur Folge. Daher trifft er sich am Wochenende oft mit Artgenossen zum Skat und anderen männlichen Zeitvertreiben. Um ihre eigene Feigheit zu verbergen, praktizieren alle Beteiligten dabei ein Trauer-Ritual, in dessen Verlauf ausführlich bedauert wird, dass es einfach keine vernünftigen Weibchen mehr gibt.

Tipp: Wenn der Ängstliche Lieber-Nicht-Schnäbler Sie zum Abschluss Ihres ersten gemeinsamen Abendessens nach Hause bringt, weicht er dem unweigerlich drohenden Gutenachtkuss ganz geschickt dadurch aus, dass er Sie mitten auf einer belebten Kreuzung aussteigen lässt.

Lieder, die er mag: »Too Shy« von Kajagoogoo, »Nüchtern bin ich so schüchtern« von Peter Wackel.

Das Sensibelchen

(tränenfluss soforticus)

Das Sensibelchen fängt bei jeder Gelegenheit an zu heulen – bei Fernsehberichten über gestrandete Wale ebenso wie bei jedem Film mit Inge Meysel, bei Musicals aller Art und nach dem Sex, so gerührt ist er von der solcherart ausgelebten Intimität. In seiner Bude liegen und stehen mehr Kerzen herum als bei IKEA, dazu ein klingendes Windspiel, ein Vierfarbdruck von Gustav Klimts »Der Kuss« sowie ein Buch mit dem Titel »Hühnchensuppe für die Seele«.

Tipp: Bei der Trennung wirft er Ihnen Gefühlskälte und Herzlosigkeit vor und dass er in solch einem emotionalen Vakuum nicht weiterleben kann. Dann rollt er sich in seinem Kleiderschrank in Fötusstellung zusammen und weint drei Tage lang ohne Unterbrechung.

Lieder, die er mag: »Everybody Hurts« von REM, »Cry Baby« von Madonna, »Tränen lügen nicht« von Michael Holm.

In freier Wildbahn

Frodo Baggins aus dem *Herrn der Ringe*
Grover aus der *Sesamstraße*
Smithers von den *Simpsons*
Stan Laurel

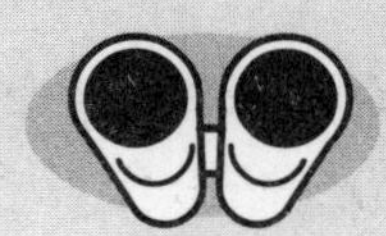

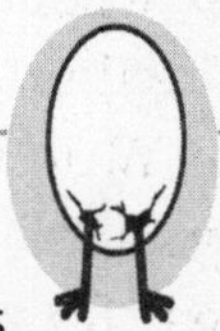

Dem Jungvogel auf der Spur

Er hat tagelang geweint, als Bambis Mama gestorben war, und hat sich während der Gutenachtgeschichte vom kleinen Eisbären unter der Bettdecke versteckt.

Der Waschlappen

(testosteronium nonexistum)

Der Waschlappen – auch als »Der sanft spricht und wie ein Mädchen läuft« bekannt – hat keine Ahnung, wie man einen Autoreifen wechselt, vom Ölwechsel ganz zu schweigen, und wird immer noch in regelmäßigen Abständen von einigen traumatischen Demütigungen aus dem Sportunterricht heimgesucht. In einem Roman von Thomas Mann wäre er der stets freundliche, aber immer blasse Erbe, der unter einer Flanelldecke liegend dahinsiecht. Baumärkte machen ihn nervös.

Tipp: Vor die Alternative »Raufen oder Rennen« gestellt, wird er sich immer für Rennen entscheiden, also stellen Sie sich darauf ein, dass Sie bei einer Begegnung mit einem Exhibitionisten oder ein paar betrunkenen Fußballfans auf sich alleine gestellt sind.

Lieder, die er mag: »Coward of the County« von Kenny Rogers, alles von Norbert und den Feiglingen.

> **Verrückte Vogelwelt**
>
> Das Hühnchen ist der engste noch lebende Verwandte des Tyrannosaurus Rex.

Hühnchen

und die Frauen, die Hühnchen lieben ...

Sie halten männliche Männer für überbewertet? Sie würden lieber tot umfallen, als sich mit einem Kerl mit üppiger Brustbehaarung zusammenzutun? Wenn Sie diese beiden Fragen mit »ja« beantworten können, dann passen Sie vielleicht ganz gut zu einem Hühnchen. Zum Kisten schleppen oder Spinnen tottreten haben Sie schließlich noch nie einen Freund gebraucht und Demonstrationen heroischer Ritterlichkeit kommen Ihnen ohnehin ein wenig zu mittelalterlich vor. Ihnen ist ein süßer, sensibler und, ja tatsächlich, etwas schüchterner Mann viel lieber. Ob Sie nun eher der mütterliche Typ sind oder einfach gerne das bestimmende Element in einer Beziehung … in jedem Fall sehen Sie Stärke, wo der Rest der Menschheit nur Schwäche sieht. Oder, anders ausgedrückt: Sie überqueren liebend gern die Straße, um an seine Seite zu kommen.

Verrückte Vogelwelt

Hühnchen galten nicht immer schon als Verkörperung der Feigheit. Die Römer betrachteten sie als heiliges Symbol der Tapferkeit, das dem Kriegsgott Mars geweiht war. Die Vögel wurden wie Gladiatoren ausgebildet und mit Knoblauch gefüttert, um sie wilder und mutiger werden zu lassen. Jede römische Armee hatte ihre eigene Hühnerherde, die mit darüber entschied, ob die Heerführer ihre Männer in die Schlacht ziehen ließen oder nicht.

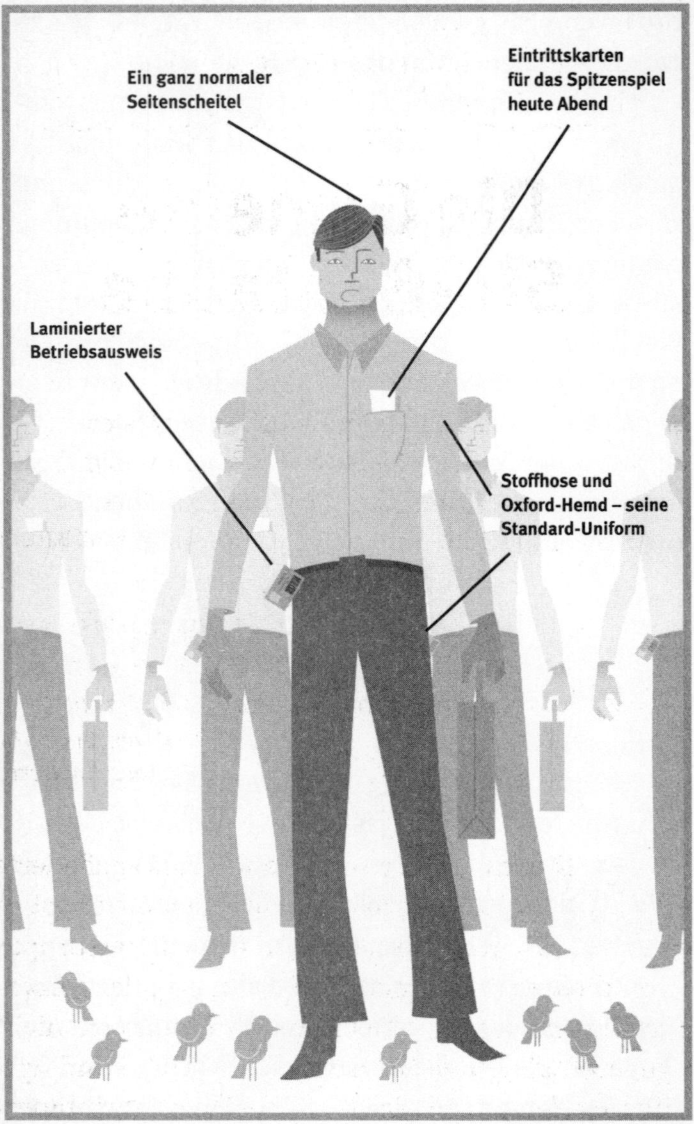
Ein ganz normaler Seitenscheitel
Eintrittskarten für das Spitzenspiel heute Abend
Laminierter Betriebsausweis
Stoffhose und Oxford-Hemd – seine Standard-Uniform

KAPITEL FÜNFZEHN

Die Gemeine Straßentaube

Kommt a Vogerl geflogen, setzt sich nieder auf mein Fuß, hat a Zetterl im Goscherl und vom Diarndl an Gruß.

Adolf Bäuerle

Tauben heiraten praktisch genau wie Menschen und bleiben so lange zusammen, bis eine von beiden stirbt.

Marlon Brando in:
Die Faust im Nacken

Woody Allen hat die Tauben als »gefiederte Ratten« bezeichnet und sicherlich ist es richtig, dass die Städte Mitteleuropas von diesen unscheinbaren Vögeln geradezu überschwemmt werden. Dennoch sollte man sie nicht generell als Plage betrachten. Als kluge und willige Helfer haben sie den Menschen jahrhundertelang gute Dienste geleistet. Allerdings geht ihnen, im Gegensatz zu vielen anderen Vogelarten, nicht nur jede Protzerei und jedes marktschreierische Gehabe ab, sie sind auch noch alles andere als selten und erregen daher kaum unsere Aufmerksamkeit. Genauso drängen sich auf jedem Quadratmeter unserer schönen Heimat unzählige Straßentauben-Männchen, auch wenn diese grauen Durchschnittstypen im Normalfall überhaupt nicht auffallen. Doch gleichen sie das, was ihnen in puncto Wirkung abgeht, in Form von Zuverlässigkeit und Beständigkeit mehr als aus. Zugegeben … der einen oder anderen sind die Vertreter dieser Gattung viel zu langweilig, um als feste Partner in Frage zu kommen, aber wir wissen von zahlreichen Frauen, die eine glückliche, lebenslange Bindung mit einer Straßentaube eingegangen sind. Bevor Sie also eine gemeinsame Zukunft mit einer solchen kategorisch ausschließen, streuen Sie doch einfach mal ein paar Brosamen aus. Es könnte durchaus sein, dass Sie eine Überraschung erleben.

Federkleid: Da er seine Kleidung aus den Filialen landesweit operierender Textil-Handelsketten wie H&M, P&C, Takko oder Esprit bezieht, ist dieser Durchschnittstyp im Allgemeinen keine Beleidigung für das Auge, andererseits aber auch niemals außergewöhnlich attraktiv. Er besitzt einen Anzug, den er zu Vorstellungsgesprächen und Beerdigungen anzieht. Zur Arbeit trägt er Stoffhosen und ein weißes (wahlweise auch ein hellblaues) Oxford-Hemd oder einen Pullover mit rundem Ausschnitt. Ob mausgrau oder straßenköterblond, sein einfacher Haarschnitt wird regelmäßig einmal im Monat vom Friseur um die Ecke auf Façon getrimmt.

Verhaltensmerkmale: Die Straßentaube liest sehr gerne Krimis und guckt James-Bond-Filme, trinkt deutsches Bier und kann stundenlang ohne umzuschalten das Deutsche Sportfernsehen (DSF) schauen. Nach seinem Betriebswirtschaftsstudium reißt das Straßentauben-Männchen jetzt auf einer undefinierbaren Stelle im Bereich Unternehmensberatung oder Buchhaltung in irgendeinem anonymen Industriegebiet täglich seine acht Stunden ab. Auch nach der Arbeit verläuft sein Leben in geordneten Bahnen. Er besucht regelmäßig den Gottesdienst und geht einmal pro Woche kegeln. Obwohl er im Allgemeinen kein Risiko eingeht, stürzt er sich doch voller Begeisterung in »sichere« Abenteuer wie zum Beispiel eine Achterbahnfahrt in einem Freizeitpark. (»Man muss auch mal was ganz Verrücktes machen!«) Nach Möglichkeit vermeidet er bei strittigen Themen eine eindeutige

Parteinahme und positioniert sich lieber auf dem Mittelstreifen als am Fahrbahnrand – bildlich gesprochen.

Balz: Erwarten Sie keine Liebe auf den ersten Blick. Ihre erste Begegnung mit einer Straßentaube wird aller Wahrscheinlichkeit nach von banalen Fragen dominiert werden. (»Wo bist du aufgewachsen?« »Was machst du beruflich?«) So wie die Fütterung der Partnerin zum Balzritual der gefiederten Straßentaube gehört, so läuft auch das erste Rendezvous mit einem Straßentauben-Männchen ganz nach Standard ab: erst Essen, dann Kino. (Und kommen Sie nicht auf die Idee, einen deutschen Autorenfilm vorzuschlagen. Hollywood-Kassenschlager, am besten mit Tom Cruise oder Tom Hanks, sind ihm am liebsten.) Auch die Gespräche, die Sie im Verlauf des Abends führen, sind weder besonders spannend noch besonders lustig. Vermutlich werden Sie eine Menge Gemeinplätze zu hören bekommen. (»Wenn ich eines verabscheue, dann sind das Menschen, die Kindern Leid zufügen.«) In den ersten Wochen Ihrer Beziehung vergessen Sie zwischen den einzelnen Treffen immer wieder, wie Ihre Straßentaube eigentlich aussieht, so dass Sie bei jeder Begegnung ein neuerliches Aha-Erlebnis haben. Er ist generell nicht der Typ, der eine Frau mit tief empfundenen

Gefühlen überschüttet, zeigt seine Zuneigung jedoch auf subtilere Art und Weise, indem er zum Beispiel anruft, wenn er es versprochen hat, oder sich mit einem Geständnis wie: »Das hat mir Spaß gemacht. Du bist echt klasse!« aus der Deckung wagt.

Lebensraum: Die allgegenwärtige Straßentaube (Vogel und Männchen gleichermaßen) bleibt normalerweise in der Nähe ihres Geburtsortes und entfernt sich nicht allzu weit vom heimischen Nest. Von Montag bis Freitag verdient sie sich irgendwo ihr durchschnittliches Gehalt, während man sie an Wochenenden in Multiplex-Kinos, Einkaufszentren (»Hey, schau mal, hier gibt's auch C&A«) oder beim Verzehr einer Ofenkartoffel im örtlichen »Kochlöffel« oder einem anderen Ketten-Restaurant antrifft.

Nistplatz: Das Nest der Straßentaube ist mit hellen Holzmöbeln in neutralen Farbtönen (hellbraun, beige, ocker) eingerichtet. An den Wänden hängen Poster mit Landschaftsaufnahmen, entweder schwarz-weiß oder in gedämpften Farbtönen (hellbraun, beige, ocker). Außerdem besitzt die Straßentaube jedes unterhaltungselektronische Spielzeug, das es bis in die Regale des nächstgelegenen Tchibo-Shops geschafft hat. Im Briefkasten scheint nie etwas anderes zu liegen als Rechnungen oder mit »An die Anwohner« adressierte Massensendungen.

Was Vogel und Männchen eint

Eine der berühmtesten Tauben der Geschichte war die US-amerikanische Brieftaube Cher Ami, die im ersten Weltkrieg trotz einer schweren Schusswunde die von feindlichen Truppen umzingelte 77. US-Infanterie-Division erreichte und ihre Nachricht überbringen konnte. So hat sie 194 Soldaten das Leben gerettet. Auch Tauben-Männchen bewegen sich sehr unauffällig außerhalb des Rampenlichts und sind daher nur schwer auszumachen.

Lockmittel: Machen Sie es genau wie mit den Vögeln. Locken Sie das Straßentauben-Männchen mit Futter an, dann kommt es bereitwillig herbeigesegelt. Backen Sie Plätzchen oder laden Sie ihn zum Abendessen ein, und wenn er dann zu Ihren Füßen vor sich hin pickt, verscheuchen Sie ihn nicht durch allzu unkonventionelles Verhalten. Exzentrische Handlungen wie zum Beispiel ein neues Zungen-Piercing oder die Kündigung Ihres Arbeitsplatzes, weil Sie lieber ein Tarot-Studio eröffnen wollen, lassen ihn unverzüglich und in heller Aufregung davonflattern.

Fluchtverhalten: So wie manche Stadtverwaltung Wanderfalken »zur Bewältigung« des Taubenproblems einsetzt, so lassen auch Sie Ihren nichtssagenden Begleiter fallen, sobald Sie ein Männchen einer anderen Gattung kennengelernt haben, das etwas mehr Aufregung verspricht. Schon nach drei Monaten können Sie sich kaum mehr an seinen Namen erinnern und nennen ihn, falls Sie überhaupt noch an ihn denken, nur noch »diesen netten Kerl«.

Was für ihn spricht: Seine positive Wirkung auf Eltern. Jedes Mal, wenn Sie seinen Namen erwähnen, fangen Hans-Jürgen und Annegret an, über beide Backen zu strahlen. Sie hoffen sehr, dass er ihr zukünftiger Schwiegersohn wird und haben vollstes Vertrauen in alles, was er tut. (»Niemals beteiligt sich unsere Tochter an so einem verrückten Schneeball-System … Ach, *Guiiido* hat dir davon erzählt? Na, dann machen wir auch mit!«)

Die Unterarten

Der Fußballglotzer

(balla balla)

Ob er nun eine Dauerkarte für den nächstgelegenen Bundesliga-Club besitzt oder jedes Wochenende (1. und 2. Bundesliga) plus anlässlich gelegentlicher Europapokal-Abende oder Länderspiele vor der Mattscheibe hängt, der Fußballglotzer teilt seine Leidenschaft mit Massen anderer Straßentauben. Zwar wippt er nicht ständig mit dem Kopf wie sein gefiederter Artgenosse, reagiert jedoch sofort, sobald »die La Ola« über seinen Sitzplatz schwappt. Er beteiligt sich an allen möglichen Managerspielen und wettet auch gern, aber im Gegensatz zu den harten Fans, die sich den gesamten Oberkörper plus Schädel in den Vereinsfarben bemalen, begnügt sich der Fußballglotzer mit einem Trikot oder einem Schal. (Er ist und bleibt schließlich eine Straßentaube und kein Wahnsinniger.)

Tipp: Lernen Sie, Ihre Beziehungsplanung an den Spielplänen der deutschen und internationalen Fußball-Ligen zu orientieren. Falls Ihre Schwester am Tag des DFB-Pokalfinales heiratet, muss er leider absagen. (»Sie heiratet vielleicht noch öfter, aber Darmstadt 98 kommt nie wieder ins Endspiel!«)

Lieder, die er mag: »54, 74, 90, 2006« von den Sportfreunden Stiller, »Zeit, dass sich was dreht« von Herbert Grönemeyer, »We Are the Champions« von Queen, »Dann macht es bumm« von Gerd Müller, alle Lieder der Deutschen Nationalmannschaft.

Der Blauhemd-Khaki

(spießertum parexzellentium)

Der Blauhemd-Khaki, der immer im klassischen Versandhaus-Katalog-Outfit auftritt, ist der einzige Grund, warum Polohemden nie aus der Mode kommen. Er trägt einen unauffälligen Namen (Markus, Klaus, Michael …), der wunderbar zu seinem unauffälligen Erscheinungsbild passt, und verdient sein Geld in der Regel als Ingenieur, Programmierer oder Buchhalter. Im eifrigen Streben nach dem Glück der Idealfamilie (2,4 Kinder und so weiter) fährt er vermutlich einen sicheren, preiswerten und Sprit sparenden Kombi, gebraucht, aber auch nicht zu alt, und auf jeden Fall scheckheftgepflegt. Der Blauhemd-Khaki würde niemals sein Gehalt ins Spielcasino tragen oder sich krankmelden, obwohl er gar nicht krank ist. Das Gewagteste sind und bleiben wohl seine Experimente mit einem Ziegenbärtchen.

Futter!

Schnitzel mit Pommes und Salat, Graubrot, Fürst-Pückler-Eiskrem und Flaschenbier.

Tipp: Falls Sie eine gemeinsame Zukunft mit einem Blauhemd-Khaki in Erwägung ziehen, dann werden Sie wohl in absehbarer Zeit in eine neu gebaute, naturnahe Reihenhaussiedlung am Stadtrand ziehen, in sicherer Entfernung zu sämtlichen potenziellen Gefahren der Innenstädte.

Lieder, die er mag: »Mein Zuhaus« von Wolfgang Petry, »Home Sweet Home« von Mötley Crue. Verhalten reagiert er auf »Sweet Home Alabama« von Lynyrd Skynyrd, »Sweet Home Chicago« von den Blues Brothers lehnt er jedoch ohne Umschweife ab.

Das Anonyme Arbeitsbienchen

(grau grau)

Als winziges Rädchen im gigantischen Getriebe irgendeines multinationalen Konzerns verbringt das Anonyme Arbeitsbienchen einen großen Teil seines Arbeitstages in einem winzigen Abteil eines klimatisierten Großraumbüros, im Schein von Leuchtstofflampen, die sein Gesicht leichenblass erscheinen lassen. Es ist ein verlässlicher Angestellter und hätte eigentlich schon längst eine Gehaltserhöhung verdient, was es allerdings niemals anspricht. Lieber begnügt es sich mit dem Jahr für Jahr fälligen, mageren Inflationsausgleich. Auch nach zehn Jahren in der Firma spricht sein Chef ihn mit »Herr Schmied« an, anstatt ihn richtig »Herr Schmitt« zu nennen. Für Arbeit auf Provisionsbasis ist das anonyme Arbeitsbienchen nicht geeignet, da es weder über die Kontaktfreudigkeit noch über das Verkaufstalent noch über die Kaltblütigkeit anderer Gattungen verfügt.

Tipp: Da er normalerweise von neun bis siebzehn Uhr Akten sortiert und auf die Uhr schaut, erwartet er von Ihnen, dass Sie ihn regelmäßig mit lustigen E-Mails und Internet-Filmchen unterhalten, da das die einzige Unterbrechung seines Alltagstrotts ist.

Lieder, die er mag: »Nine to Five« von Dolly Parton, »Grauer Alltag« von Devilish (jetzt: Tokio Hotel), »The Beauty of Gray« von Live.

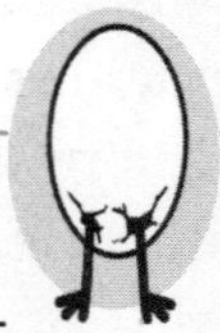

Dem Jungvogel auf der Spur

In der Schule waren die Straßentauben weder Außenseiter noch besonders beliebt. Sie haben unzählige Belobigungen wegen pünktlichen Erscheinens und sehr guten Betragens bekommen.

Straßentauben

und die Frauen, die Straßentauben lieben ...

Unsere Stadtverwaltungen geben jährlich Millionen von Euro aus, um aggressiven Taubenkot von öffentlichen Gebäuden, Denkmälern und Ähnlichem zu entfernen. Dagegen sind Tauben-Männchen geradezu harmlos, und das mag auch der Grund dafür sein, dass Sie öfter an ein Mitglied dieser Männchengattung geraten, als Sie vielleicht glauben. Wenn Sie es zu schätzen wissen, dass ein Mann Verlässlichkeit und ein wohlstrukturiertes

Leben mitbringt, ohne Ihnen mit den beschwerlichen Aspekten einer vielfältigeren, leidenschaftlicheren (oder launischeren) Persönlichkeit auf die Nerven zu gehen, Sie zu blamieren oder zu belasten, dann steht die Gemeine Straßentaube auch auf Ihrem Wunschzettel ganz oben. Vielleicht sind Sie ja eine jener Frauen, deren gesamtes Leben ruiniert ist, wenn ihr Lieblingsshampoo nicht vorrätig oder ihr Lieblingsrestaurant geschlossen ist. In diesem Fall ist die Straßentaube der perfekte Partner für Sie: Nicht nur, dass jede ihrer Handlungen bis ins Detail vorhersehbar ist, sie lässt sich auch jederzeit gleichwertig ersetzen, sollte sie jemals das gemeinsame Nest verlassen.

Zum tieferen Verständnis

Stromberg
Eine gepflegte Sports-Bar
Schöne neue Welt von Aldous Huxley
Der Unsichtbare von H.G. Wells
Der Vorstadt-Buddha von Hanif Kureishi

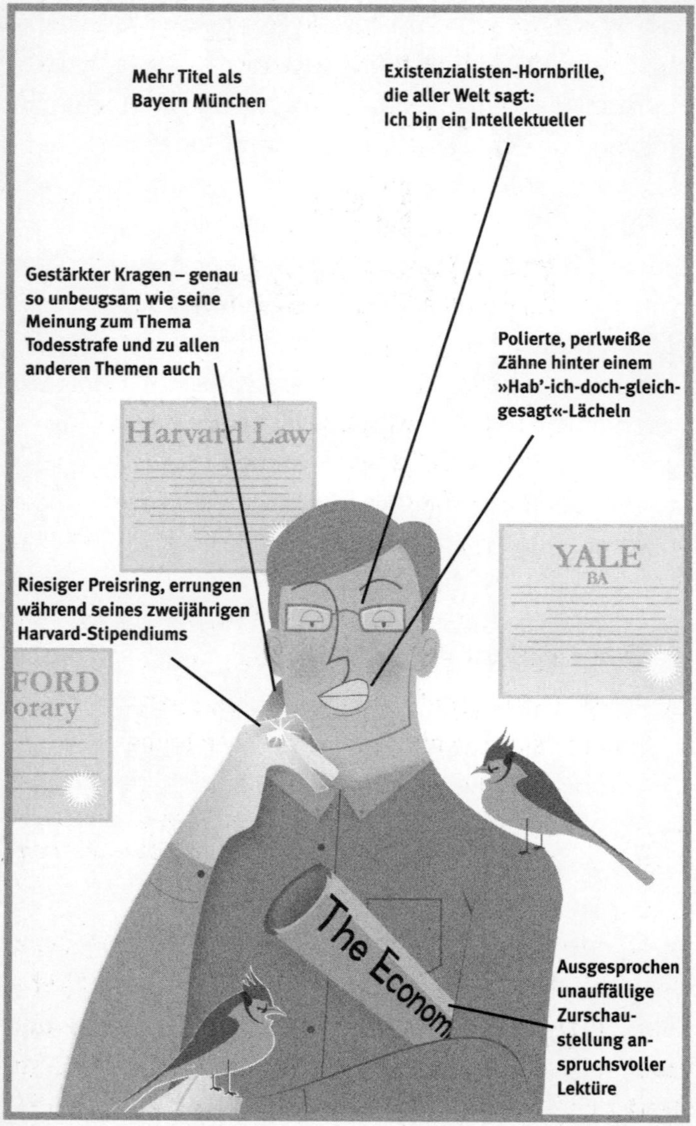
Mehr Titel als
Bayern München
Existenzialisten-Hornbrille,
die aller Welt sagt:
Ich bin ein Intellektueller
Gestärkter Kragen – genau
so unbeugsam wie seine
Meinung zum Thema
Todesstrafe und zu allen
anderen Themen auch
Polierte, perlweiße
Zähne hinter einem
»Hab'-ich-doch-gleich-
gesagt«-Lächeln
Harvard Law
YALE
BA
Riesiger Preisring, errungen
während seines zweijährigen
Harvard-Stipendiums
FORD
orary
The Econom
Ausgesprochen
unauffällige
Zurschau-
stellung an-
spruchsvoller
Lektüre

Kapitel sechzehn

Der Eichelhäher

Ein Häher verfügt über nicht mehr Prinzipientreue als ein Kongressabgeordneter.

aus: Mark Twain, *Bummel durch Europa*

Die Häher haben ihren Anteil am Lärm dieser Welt. Sie schimpfen und regen sich über Nichtigkeiten auf, streiten sich um alles und verbreiten immer Unruhe, egal, wo sie sind.

Elliot Coues (Ornithologe)
in: *Birds of the Northwest*

Unter dem leuchtenden Federkleid und dem würdevollen Schopf des Eichelhähers verbirgt sich eine Lebenseinstellung, die einiger einschneidender Korrekturen bedarf. Er steht permanent unter Strom, verteidigt wütend sein Territorium und bekommt hässliche Wutanfälle, sobald er sich bedroht fühlt. Kleinere Vögel fliehen ängstlich flatternd aus seiner Nähe und überlassen diesen Gangstern kampflos das Vogelfutterhäuschen in jedem Kleingarten. Auch die Eichelhäher-Männchen sind hitzige Zeitgenossen und genauso stur und streitlustig wie ihre gefiederten Namensvettern. Ihnen geht es immer nur um das eine: den besten Platz, das letzte Wort oder den finalen Stoß. Bei einem Sympathie-Wettbewerb hätte ein Angehöriger dieser überehrgeizigen Gattung nicht den Hauch einer Siegeschance – was ihn aber nicht daran hindern würde, bis zum letzten Blutstropfen darum zu kämpfen.

Federkleid: Auffälligstes Erkennungsmerkmal des Eichelhähers ist seine mürrisch-beleidigte Körperhaltung sowie der Schmollmund, die ihm eine kaum zu übersehende Aura der gekränkten Arroganz verleihen. Er trägt nur sehr selten legere Kleidung, sondern am liebsten makellos gereinigte Hemden mit massiv gestärktem Kragen, der auch dem heftigsten Gegenwind mühelos standhält. An den Wochenenden steckt er seinen während des Auslandsstudiums erworbenen Preisring an den Finger und zieht das Original-Jackett seiner Elite-Uni an – als unauffälligen Hinweis auf seinen geistigen Hintergrund. In Zeiten heftiger Anfeindung ist der Eichelhäher daran zu erkennen, dass er anderen (Achtung, Wortspiel!) »den Vogel zeigt« – eine unter den Vertretern dieser Gattung weitverbreitete Geste.

Verhaltensmerkmale: Das einzige Lebensziel des Eichelhähers scheint darin zu bestehen, andere auf ihre Verfehlungen aufmerksam zu machen. Die Worte »meine Schuld« kommen in seinem Wortschatz nicht vor. Allerdings bekommen Sie beinahe täglich so etwas wie »Ich hab's dir doch gleich gesagt« zu hören. Da der Eichelhäher permanent das Gefühl hat, sich verteidigen zu müssen, missversteht er harmlose Bemerkungen oft als feindselige Attacke und fühlt sich sofort angegriffen. (»Ja, ja, dieser Olli Dittrich ist wirklich ein witziger Typ – ich etwa nicht?«) Wenn Sie draußen in der Wildnis einmal genau hinhören, dann vernehmen Sie vielleicht seinen charakteristischen Ruf, das aggressiv-gequetschte *»Was willst du damit saaagen? Was willst du damit saaagen?«*

Balz: Besonders streitlustig gibt sich der Eichelhäher in weiblicher Gesellschaft, da er beim besten Willen nicht zugeben kann, dass ein weibliches Wesen von irgendetwas mehr Ahnung hat als er.

Seltsamerweise leiden die Vertreter dieser so überheblich auftretenden Gattung jedoch gleichzeitig unter latenten Minderwertigkeitskomplexen, die die Suche nach einer Partnerin stark behindern. Wundern Sie sich also nicht, wenn seine Einladung zu einem zweisamen Abendessen irgendwie verdreht und unterschwellig aggressiv ausfällt. »Ich hätte dich ja gefragt, aber ich hab' gedacht, du würdest sowieso nein sagen.«

Lebensraum: Eichelhäher sind wie geschaffen für eine juristische Karriere und versammeln sich meist in größeren Scharen vor Gerichtsgebäuden. Auch in Radiosendungen mit Hörerbeteiligung, wo sie sich über korrupte Politiker oder die Ungerechtigkeiten des Steuersystems empören, erschallt ihr unverwechselbarer Ruf.

Nistplatz: Zu diesem Punkt stehen momentan nur wenige Daten zur Verfügung. Der Eichelhäher lässt sein Nest nur sehr ungern von anderen begutachten (Leute, die sich »die Bude nur mal eben anschauen« wollen, stehen außerhalb jeder Diskussion) und gewährt daher nur wenigen überhaupt Zugang. Was wir jedoch aus erster Hand wissen, ist, dass der Eichelhäher zahlreiche Lexika besitzt, um jedes Streitgespräch im Keim ersticken und sofort sagen zu können, wie hoch das Matterhorn ist (4478 m) oder wer den Reißverschluss erfunden hat (Whitcomb Leonard Judson).

Lockmittel: Behandeln Sie ihn so, als wäre er genau der Alleskönner, für den er sich hält. Lassen Sie beiläufig fallen, dass er ein toller Kandidat für »Wer wird Millionär« wäre und fordern Sie ihn anschließend spielerisch zu irgendeinem Wettstreit heraus, den Sie dann absichtlich verlieren. Das baut sein Ego auf und er wird Sie dafür lieben. Komplimente sollten Sie mit Bedacht so formulieren, dass sie auf keinen Fall zweideutig klingen. Oder stellen Sie sich einfach taubstumm: Je weniger Sie sagen, desto weniger kann er falsch verstehen.

Fluchtverhalten: Er tadelt Sie, weil Sie das Wort Cœur D'Alène falsch ausgesprochen haben und Sie ärgern sich darüber. Daraufhin wirft er Ihnen völlige Unflexibilität vor und sagt, dass er mit einer Frau, die sich so sehr gegen konstruktive Kritik sperrt, keine Zukunftsperspektive sieht. (Die Beziehung von sich aus zu beenden, ist der ultimative Verteidigungsreflex eines Eichelhähers. Lieber einen Korb geben als einen Korb bekommen!)

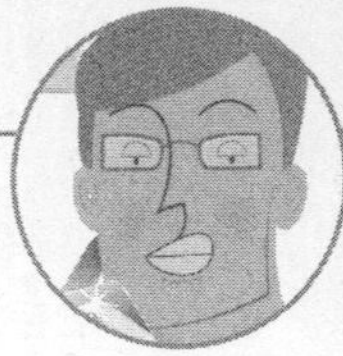

Was Vogel und Männchen eint

InfreierWildbahnlebendeEichelhäher ahmen gelegentlich den Ruf des Falken nach, um ihre gefiederten Feinde zu erschrecken. Und auch das Eichelhäher-Männchen gibt sich gerne ruppiger, als es eigentlich ist. Wenn es zum Beispiel einen Rivalen bei einer Kneipenschlägerei auffordert, »mit nach draußen« zu kommen, dann bezieht es in neun von zehn Fällen selbst eine deftige Tracht Prügel.

Was für ihn spricht: Sein Perfektionismus. Der kann einem zwar auch manchmal ganz schön auf die Nerven gehen, aber ist dieser diamantene Verlobungsring nicht wunderschön?

Die Unterarten

Der Kontra

(veto subito)

Der Kontra schleudert jedem seine Meinung entgegen, ob er sie nun hören will oder nicht. Er würde auch mit einem Kürbis streiten, wenn das möglich wäre. Er ist ein wahrer Meister der Tiraden und der wirren Reden, leidet aber gleichzeitig unter selektivem Gedächtnisverlust. Wenn Sie ihn zum Beispiel an eine seiner Aussagen aus einem Gespräch der letzten Woche erinnern, beschuldigt er Sie garantiert, ihm irgendetwas unterjubeln zu wollen, was er nie gesagt hat. Bestellen Sie ihm eine Coca Cola (seitdem Sie ihn kennen, hat er nie etwas anderes getrunken) und er schwört Stein und Bein, dass seine empfindlichen Geschmacksknospen nur Pepsi vertragen. Um als Sieger aus einem Streit hervorzugehen, schreckt er auch vor grotesker Wortakrobatik nicht zurück. (»Das kommt darauf an, wie man das Wort ›ist‹ in diesem Fall interpretiert.«)

Tipp: Der Kontra beharrt so hartnäckig auf seinen Positionen, bis Sie auch die unerschütterlichsten

Wahrheiten in Zweifel ziehen. (»Ist die Erde vielleicht doch eine Scheibe?«) Falls Sie ein ermüdendes Streitgespräch beenden wollen, streifen Sie einfach Ihr Ego ab und murmeln Sie: »Du hast Recht. Du hast ja so Recht.«

Lieder, die er mag: »Hello, Good-Bye« von den Beatles, »Walking Contradiction« von Green Day, »Nein heißt ja« von G.G.Anderson.

Zum tieferen Verständnis

John McEnroe
Boris Becker
Ludwig van Beethoven
Oskar aus der *Sesamstraße*
Franz Beckenbauer

Der Stachelhäher

(niemals meineschuld)

Der Stachelhäher trägt, bildlich gesprochen, immer eine kugelsichere Weste. Jede beiläufige Bemerkung, die er aufschnappt, versteht er als direkte persönliche Schmähung. »Kann ich bitte das Salz haben« ist für ihn eine Beleidigung seiner

Kochkünste, und wenn Sie ihm sagen, er hätte ein hübsches Lächeln, dann geht er davon aus, dass Sie sich über seine leicht schräg stehenden Eckzähne lustig machen wollen. Er fragt durchschnittlich hundertmal pro Tag: »Was soll das denn heißen?« und betrachtet jeden anderen Menschen als potenziellen Angreifer.

Tipp: In manchen Situationen verrät sich der Stachelhäher selbst, indem er sich verfrüht verteidigt: »Ach, übrigens, bevor du auf die Idee kommst: Der Kaffeefleck auf Seite 63 deines Tagebuchs ist jedenfalls nicht von mir!«

Lieder, die er mag: »It Ain't Me, Babe« von Bob Dylan, »I'm Not Responsible« von Tom Jones, »Schuld war nur der Bossanova« von Manuela.

Der Unbesiegbare Sieger

(mitdemkopf durchdiewand)

Mit hochgerecktem Kinn und breiter Brust stolziert der Unbesiegbare Sieger umher und will immer und überall der Beste sein: der Intelligenteste, der Sportlichste, der Schlagfertigste, der, der den letzten Keks bekommt. Dabei scheut er auch vor Betrügereien und anderen hinterhältigen Täuschungsmanövern nicht zurück. Wenn er zum Beispiel während eines Trivial-Pursuit-Spiels plötzlich auf die Toilette muss, ruft er von dort mit dem Handy vermutlich schnell seinen Vater an, um seine Antwort abzusichern.

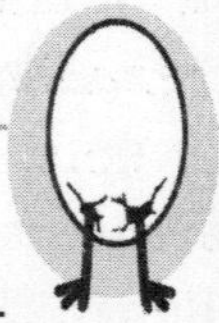

Dem Jungvogel auf der Spur

Hat seinen Eltern ständig widersprochen und dafür sehr viele »Auszeiten« (auch Zimmerarrest genannt) kassiert.

Tipp: Lassen Sie sich mit dem Unbesiegbaren Sieger nicht auf Wettkämpfe ein. Selbst ein Minigolf-Nachmittag mit diesem Männchen kann außerordentlich hitzig werden, eine Partie Monopoly artet leicht in den Dritten Weltkrieg aus: »Ähm ... ich glaube, dieses Hotel da auf der Schlossallee gehört mir, also *her mit der Kohle, du Niete!«*

Lieder, die er mag: »Simply the Best« von Tina Turner, »Baby, you're the best« von Carli Simon.

Eichelhäher

und die Frauen, die Eichelhäher lieben ...

Falls Sie sich zu einem Eichelhäher hingezogen fühlen, dann macht Ihnen ein gelegentlicher Streit nichts aus. Wahrscheinlich fahren Sie auf die sexuelle Hochspannung ab, die im Kielwasser einer heftigen Auseinandersetzung unweigerlich entsteht. Im Allgemeinen sind Sie eine standhafte Denkerin, die ihren Standpunkt auch dann vertreten kann, wenn das Gesprächsklima etwas rauer wird. Gleichzeitig aber sind Sie in der Lage, Ihren Kerl zu beruhigen, wenn sein Federkleid ein wenig zerzaust ist – so wie es Katherine Hepburn bei Peter Fonda in »Am goldenen See« gelingt. Es gibt Frauen, die angesichts der funkensprühenden Energie in einer Beziehung mit einem Eichelhäher das dazugehörige Gezänk und die ständigen Debatten gerne in Kauf nehmen. Aber wenn Sie ihn mit in Ihr Bett nehmen, dann sollten Sie eines nicht vergessen: In neun von zehn Fällen steht er garantiert mit dem falschen Fuß wieder auf.

Frucht-Cocktail, gespickt mit neuartigen Scherzartikeln
Schwungvoll und mit affektiertem Lachen in den Nacken geworfener Kopf
Rüschenhemd, das mit ironischem Lächeln zu Anlässen mit »legerer Kleidung« getragen wird
Nadelstreifen-Partyhose
In hochhackigen Stiefeln lässt es sich so herrlich hüpfen und tänzeln!

Kapitel siebzehn

Der Flamingo

Männliche Flamingos sind etwas größer und schwerer als weibliche und verfügen über eine größere Flügelspannweite. Dennoch lässt die äußere Erscheinung eines Vogels nicht zuverlässig auch auf das Geschlecht schließen.

(aus einem Forschungsbericht des *Sea World Education Department*)

Anfangs hatte Alice die größten Schwierigkeiten, ihren Flamingo zu handhaben. Zwar gelang es ihr, den Vogel mit den herunterhängenden Beinen einigermaßen bequem unter den Arm zu klemmen, aber wenn sie seinen Hals kunstgerecht gerade-gebogen hatte und mit seinem Kopf den zunächst hockenden Igel weg-schlagen wollte, riss der Flamingo jedes

Mal den Kopf hoch und starrte sie so fassungslos an, dass sie schallend lachen musste.

aus: Lewis Carroll, *Alice im Wunderland*

Flamingos. Eine seltsame Aura umgibt diesen leuchtend rosaroten Vogel, der die meiste Zeit auf einem spindeldürren, zerbrechlich wirkenden Beinchen im warmen Wasser eines Brackwassersees herumsteht. Die gleichnamige Männchen-Gattung, die mit ihrer ironisch-distanzierten Lebenshaltung die Randbereiche traditionell männlicher Verhaltensweisen bevölkert, erweist sich als ähnlich exzentrisch. Da Flamingos niemals mit der breiten Masse verschmelzen, ist ihnen Ihre Aufmerksamkeit und womöglich sogar Ihre Zuneigung sicher. Denn so viel steht fest: Sie bringen Farbe in Ihr Leben.

Federkleid: Die Aufmachung eines Flamingos wird immer so sein, dass er sich garantiert von seiner Umgebung abhebt. Seine Kleidung dient in erster Linie dem Zweck, bei Außenstehenden ein geflüstertes »Oh, mein Gott … schau dir *den* mal an« hervorzurufen. Daher wählt er hauptsächlich Kleidungsstücke, die garantiert kein Mensch sonst tragen würde (regenbogenfarbene Hosenträger, Feder-Boa, Woll-Stola oder glitzernde Jazz-

Tanzschuhe). Sein omnipräsentes und oftmals unangebrachtes Lächeln offenbart strahlend-weiße Zähne, während sein Haarschnitt zwischen den Polen Struwwelpeter und pomadig-angeklatschtem Gel-Kopf angesiedelt ist.

Verhaltensmerkmale: Für das Flamingo-Männchen ist das Leben, bildlich gesprochen, ein einziges großes Musical. Die harte und oftmals deprimierende Realität scheint er gar nicht wahrzunehmen. Er folgt seinen Launen, wohin sie ihn auch führen mögen, selbst wenn er dazu seine Terrasse in ein Tätowierstudio umwandeln oder sich bei der *Sendung mit der Maus* für ein Praktikum als Trickfilmzeichner bewerben muss. Ein Flamingo ist viel zu sehr damit beschäftigt, »das Leben zu genießen«, als dass er sich um Belanglosigkeiten wie die Taufe seines Neffen oder den Arzttermin seines gebrechlichen Großvaters kümmern könnte. Da er sich sowieso fernab der ausgetretenen Pfade der Männchenwelt bewegt, hat er auch kein Bedürfnis, sich als Macho zu gebärden, setzt sich in der Dusche hemmungslos eine Plastikhaube auf oder macht mit seiner sechsjährigen Nichte auf der Straße Seilhüpfen.

Balz: Seine Werbungsrituale sind alles andere als normal und auch wenn seine Annäherungsversuche Ihnen möglicherweise unangenehm sind, sie lassen sich beim besten Willen nicht ignorieren – sei es der naiv-avantgardistische Ansatz (indem er Ihnen anstelle eines Blumen-Bouquets einen Brokkoli-Strunk überreicht) oder aber der lächerlich-aufdringliche Versuch, Ihnen gleich drei Piña Coladas auf einmal zu bestellen, die allesamt mit Papierschirmchen und Ananasschnitzen überladen sind. Der mit unendlichem Selbstbewusstsein gesegnete Flamingo lässt sich durch eine Abweisung überhaupt nicht aus der Bahn werfen – so etwas erlebt er schließlich öfter, da seine sexuelle Orientierung für alle Außenstehenden reine Spekulation bleibt.

Lebensraum: Der mit einer natürlichen Lebensfreude ausgestattete Flamingo ist gerne unter Menschen und am liebsten irgendwo in der Masse, wo es hauptsächlich darum geht, »Spaß zu haben« – auf Volksfesten, der Love Parade, in Freizeitparks (wo er vielleicht nebenbei als Darsteller arbeitet) oder auf Konzerten (wo er der Einzige ist, der während einer besonders besinnlichen Norah-Jones-Ballade tanzt).

Nistplatz: Ein Flamingo verzichtet gerne auf den üblichen Yuppie-Schnickschnack und richtet seine Bude so ein, dass sie seiner Persönlichkeit gerecht wird. Das bedeutet also: Sitzsäcke, aufblasbare Plastiksofas, Fiberglas-Stühle in Form einer riesigen Hand und Accessoires wie Lava-Lampen und grell gefärbte Plüsch-Teppiche.

Lockmittel: Der Flamingo hat weder Interesse an klassischen Schönheiten noch an Mauerblümchen, sondern fühlt sich zu Frauen mit einem eigenen Stil hingezogen – je ausgeflippter, desto besser. Tragen Sie also leuchtende Farben, schrullige Narrenkappen, stecken Sie sich Gänseblümchen ins Haar oder bemalen Sie sich mit Glitzerfarbe. Noch besser: Machen Sie auf verrücktes Hühnchen wie Nina Hagen oder singen Sie ihn an, anstatt mit ihm zu sprechen. So etwas zieht ihn unweigerlich in Ihren Bann.

Fluchtverhalten: Er gibt Ihnen auf seltsam-skurrile Weise den Laufpass, so wie Sie es nie für möglich gehalten hätten – mit einer Skizze eines zerbrochenen Herzens auf einer Schiefertafel oder mit Hilfe eines kleinen Bilderrätsels: MILCH (streiche 1+3) – SCHACH (1+2+3=M) – SCHUSS (+ L).

Was Vogel und Männchen eint

Flamingos imprägnieren ihr Gefieder mit Hilfe von Talg aus einer Drüse am Schwanzansatz. So haben auch Flamingo-Männchen keine Berührungsängste mit Schönheitsprodukten wie Haar-Gel, Bräunungscreme und Make-up. Gelegentlich benutzen sie sogar einen Augenbrauenstift.

Was für ihn spricht: Im Allgemeinen gelingt es dem Flamingo, Ihre Traurigkeit in ein Lächeln zu verwandeln, ganz egal, ob er dazu mit Ihnen in einem Springbrunnen herumplantschen oder Sie mit dem Taxi nach Paris entführen muss.

Die Unterarten

Der Spleenige Eigentümler

(circus maximus)

Der Spleenige Eigentümler mit seinen leuchtenden Augen und dem strahlenden Gesicht fährt womöglich einen bunt bemalten VW-Bus, streut zahlreiche Emoticons in seine E-Mails ein und hat als Einziger im Büro einen Gartenzwerg auf dem Schreibtisch stehen. Er nennt Sie unter anderem »Knuddeldaddelduuh« und »Wattewölkchen« und kann aus Legosteinen ein funktionsfähiges Waffeleisen bauen.

Tipp: Kommen Sie ihm auf dem Einrad entgegengefahren oder schenken Sie ihm einen Besuch im *Zirkus Roncalli,* und zwar mit dem Satz: »Wir brauchen paradiesische Nischen in einer von Machtgier, Armut und zwischenmenschlicher Kälte geprägten Welt.«

Lieder, die er mag: Zirkus-Musik, »Tabaluga und das verschenkte Glück« von Peter Maffay.

Der Partykönig

(diskothecus unverdruss)

So wie die gefiederten Flamingos warmes Klima bevorzugen, so trifft man den Partykönig vor allem auf Mittelmeerinseln wie Ibiza oder Mallorca sowie auf Club-Kreuzfahrtschiffen an (wo er nicht selten die Spitze einer Polonaise bildet). Liebend gerne wechselt er die Clubs, wandert vom »Pacha« ins »Eden« und von dort weiter ins »Space«, wo er ohne mit der Wimper zu zucken zehn Euro oder mehr für einen mickerigen Wodka-Lemon ausgibt. Tagsüber findet man ihn am Strand (bei schlechtem Wetter im Sonnenstudio), wo er, bekleidet mit einem neongrünen String-Badehöschen, Sonne tankt. Gelegentlich hat er auch ein Männer-Handtäschchen bei sich.

Tipp: Da er sich zu glitzernden Dingen hingezogen fühlt, versuchen Sie es mit Pailletten und/oder Strass. Tragen Sie figurbetonte Kleidung und wackeln Sie kräftig mit dem Hintern. Dann hängt er garantiert fünf Minuten später an Ihrem Arm und lutscht an Ihrem Ohrläppchen.

Lieder, die er mag: »Polonaise Blankenese« von Gottlieb Wendehals, »König von Mallorca« von Jürgen Drews.

Der Große Mime

(dramaticus theatralicus)

Der Große Mime fühlt einen enormen Drang zur Bühne und zur Schauspielerei. In der Schauspielschule bietet er pure hemmungslose Emotion, um wie ein Löwe zu brüllen oder wie eine Blume zu welken und dadurch mit seinen ursprünglichen Gefühlen in Kontakt zu kommen. Wenn er zu einem Vorsprechen eingeladen wird, ändert er seinen Namen von Gunter Maier in »Tobias Amadeus Morgenstern«, weil ein zweiter Vorname Talent signalisiert. Allerdings hat er bisher nicht mehr vorzuweisen als eine Rolle als Bakterie in einem Kloreiniger-Werbespot.

Tipp: Lassen Sie sich durch sein bizarres Benehmen und seine ständige Schauspielerei nicht aus der Ruhe bringen. Während er an einem Tag mit zuckenden Gesichtsmuskeln und unter beständigem »AAA-EEE-III-OOO-UUU« durch die Wohnung tigert, verkörpert er am folgenden bereits einen Flüchtling aus der Wolga-Region um Wassiljewo, der leider nur sehr gebrochen Deutsch spricht.

Zum tieferen Verständnis

Mork vom Ork
Klaus Kinski
Andy Warhol
Jim Carrey
Christoph Daum

Lieder, die er mag: »Theater« von Katja Ebstein, »Dream Theater« von den Infected Mushrooms.

Flamingos

und die Frauen, die Flamingos lieben …

Sie finden Gefallen an Flamingos? Das heißt also, für Sie besteht die Welt nicht nur aus Schwarz und Weiß. Sie haben einen Sinn für Farbe, eine gewisse Schrulligkeit und ein wenig Dramatik – und genau das bekommen Sie bei einem Flamingo massenhaft. Ihre Lebenslust hat Sie zu den exzentrischsten Geschöpfen geführt, die in der menschlichen Gemeinschaft zu finden sind, und Sie hoffen darauf, dass er Sonne, Zuckerwatte, Regenbögen und alles, was schön ist, in Ihre Welt trägt. Allerdings hat auch der Spaß, den ein Flamingo-Männchen zu bieten hat, seinen Preis: Es könnte sein, dass Sie die entsetzten Blicke entgeisterter Passanten ertragen müssen, die sich durch das Auftreten Ihres Freundes irritiert fühlen. Dennoch ist es nachvollziehbar, welche Faszination ein Mann ausüben kann, dessen Leben – bildhaft gesprochen – mit Ausrufezeichen und/oder Leuchtreklame gespickt ist. Er ist im Grunde eine schrille Glücksfee in Menschengestalt, dessen durchgeknalltes Wesen sich für Sie als Sechser im Lotto erweisen könnte.

New-Wave-Frisur
Siebzigerjahre-Pornostar-Schnurrbart
Mottenzerfressene US-Highschool-Jacke
89
Fighting DoDo's
Rubiks Zauberwürfel, von dem er nach wie vor glaubt, dass er »die Spielzeugindustrie revolutionieren wird«
Sorgfältig aufgekrempelte, in Schwefelsäure gewaschene Jeans

Kapitel achtzehn

Der Dodo

> Erneut versammelten sich alle um sie herum, während der Dodo ihr mit folgenden Worten den Fingerhut überreichte: »Wir bitten Sie untertänigst, uns die Ehre zu erweisen und diesen eleganten Fingerhut anzunehmen.« Nachdem er seine kurze Rede beendet hatte, fingen alle an zu klatschen. Alice fand das Ganze höchst absurd ...
>
> aus: Lewis Carroll, *Alice im Wunderland*

Unter Vogelforschern wird heftig darüber spekuliert, ob der Dodo – auch »Dronte« genannt – nach dem niederländischen Wort »dodaar« für »Zwergtaucher«, mit dem er Ähnlichkeit gehabt haben soll, benannt wurde, oder doch eher nach dem alten portugiesischen Wort »doudo«, was so viel bedeutet wie »Trottel« oder »Idiot«. Aber abgesehen von diesen Unklarheiten wissen wir genau, dass das Leben auf einer abgelegenen Südseeinsel und ohne natürliche Feinde diese dicken, alten Vögel so satt und träge gemacht hatte, dass sie nicht mehr fliegen konnten oder wollten und so zu einer willkommenen und leicht zu fangenden Abwechslung im Speiseplan frisch eingetroffener Kolonisten einschließlich ihrer Haustiere wurden. Zwar sind die Vögel, nach denen sie benannt wurden, längst ausgestorben, doch leben auch die Dodo-Männchen sehr viel lieber in der Vergangenheit, als sich dem Tempo des 21. Jahrhunderts anzupassen. Dabei entwickeln sie eine aberwitzige Aversion gegen jede Veränderung und halten wider jede Vernunft an längst überholten Überzeugungen fest.

Federkleid: Die meisten Dodos sind unfähig, auf die Mindestanforderungen der Evolution in puncto Mode zu reagieren, und gleichen wandelnden Vogelscheuchen, die sich mit den unmöglichsten Fummeln behängen und jeden Trend der Gegenwart garantiert verschlafen. (»Das sind echte Goldfuchs-Jeans. Hab ich aus der DDR.«) Etliche tragen noch Achtzigerjahre-Minipli und gelegentlich bekommt man sogar einen Nackenspoiler, auch Vokuhila genannt, zu sehen. Doch im Gegensatz zum Hiperati meint der Dodo das keineswegs ironisch.

Verhaltensmerkmale: Seien es die Familienwerte der Fünfziger- oder der Musikstil der Achtzigerjahre, Dodos sind ewige Nostalgiker. Sie bejammern den Verlust vergangener Phänomene (Derrick, James Last, Helmut Kohl) und erzählen träumerisch von seltsamen, aber bedeutenden Augenblicken ihrer Vergangenheit. (»Als *Europe* dann *The Final Countdown* gespielt haben, Mann, das war stark!«) Technik verwirrt sie nur, daher scheitern sie hoffnungslos bei jedem Versuch, den Videorecorder zu programmieren, und reagieren hilflos auf die Erwähnung des Begriffes »MP-3-Format«. (»Ist das das Gleiche wie DIN A 3«?)

Balz: Je nach Blickwinkel sind Dodos, indem sie, ihrer Begleiterin sämtliche Türen aufhalten und immer bezahlen, Repräsentanten der alten Schule oder aber eines längst überholten Sexismus. Ein Rendezvous mit einem Dodo besteht mit großer Wahrscheinlichkeit aus einem Besuch in einem gut-bürgerlichen Ausflugslokal, einer Spazierfahrt durch die Stadt und einer Verabschiedung pünktlich um neun vor Ihrer Haustür, auch samstags.

Lebensraum: Dodos finden Sie auf Golfplätzen (wo sie karierte Hosen tragen), in Second-Hand-Plattenläden auf der Suche nach Vinyl, auf Peter-Kraus-Konzerten, als Leiter eines Volkshochschulkurses im Swing-Tanz, mit achtzig Stundenkilometern auf der Autobahn oder beim Angeln am Dorfweiher.

Nistplatz: Der auffälligste Ort im Nest eines Dodo ist ein überdimensionierter und abgenutzter Liegesessel, der wie geschaffen ist, um darin Fußball zu schauen, Atari-Spiele zu spielen oder den Weinbrand nach dem Essen zu genießen. Zur Freizeitgestaltung besitzt er ein lebenslanges Abo der deutschen Ausgabe des *Reader's Digest* sowie die zehn Musikkassetten umfassende Sammlung mit dem Titel »Goldene Hits aus Goldenen Zeiten«, die er irgendwann beim Teleshopping erworben hat.

Lockmittel: Seine Aufmerksamkeit erregen Sie am besten durch obskure Hinweise auf Dinge aus einer längst vergangenen Zeit (das HB-Männchen, Nana Mouskouri, Hans-Joachim Kulenkampff – sprechen Sie bei Letzterem aber immer von »Kuli«). Falls er in technischen Fragen unsicher wirkt, sagen Sie, dass Sie »den ganzen neumodischen Kram« verabscheuen und dass es Ihnen am liebsten wäre, wenn sich das ganze Land nach wie vor mit Pferdekutschen durch die Gegend bewegte.

Fluchtverhalten: Früher oder später jagt Ihnen die Erkenntnis, dass er zwar noch nicht so alt ist wie Ihr Papa, aber wesentlich uncooler, einen Schauer über den Rücken. Von diesem Punkt an geht Ihre Beziehung den Weg des echten Dodo.

Was Vogel und Männchen eint

Etliche Wissenschaftler sind überzeugt, dass der mittlerweile ausgestorbene Dodo zur Förderung seiner Verdauung Steine und Samenkörner gefressen hat. So ernähren sich auch viele Dodo-Männchen bevorzugt sehr ballaststoffreich. Eine gute Verdauung ist schließlich der Schlüssel zu einem glücklichen Leben.

Was für ihn spricht: Dodos eignen sich als kostbare Vertreter einer längst vergangenen Epoche besonders als Partner für Studentinnen der sozio-kulturellen Anthropologie und der Archäologie. (»Oh, mein Gott! Sind das noch echte Karottenhosen?«)

Die Unterarten

Der Junge Methusalix

(nostalgicus maximus)

Dieser äußerlich quicklebendige junge Mann wird allem Anschein nach vom Geist eines Greises bewohnt. Ständig plagen ihn irgendwelche Zipperlein und er beklagt sich unentwegt darüber, »wie die Zeit vergeht«. Er geht früh zu Bett und steht früh auf und verbringt seine Tage mit Kreuzworträtseln und Freiluft-Schach, erzählt Geschichten »von früher«, bevorzugt aus der Nachkriegszeit, und scheitert regelmäßig bei dem Versuch, mit den Nachbarskindern Kontakt aufzunehmen. (»Ja, wo ist denn der Onkel? Ja, wo ist er denn?«) Pünktlich um achtzehn Uhr steht das Abendessen auf dem Tisch.

Tipp: Beim gemeinsamen Fernsehen textet er Sie garantiert mit langatmigen und langweiligen Tiraden zum Thema »Früher war alles besser« zu: »Überall nur Mord und Totschlag. Kein Wunder, dass die jungen Leute heutzutage keine Moral mehr haben.«

Lieder, die er mag: »Seniorenliebe« von den Ärzten, alles von Frank Sinatra, »Ich werde 100 Jahre alt« von Johannes Heesters.

Der Gewissenhafte Hosenkrempler

(ohnehos garnichtslos)

Da der Gewissenhafte Hosenkrempler nicht begreift, dass es nicht die Frisur war, die Falco so cool gemacht hat, sondern Falco selbst, verbringt er Stunden vor dem Spiegel, um sich mit Föhn und Gel und Haarspray entsprechend aufzubrezeln. Er schätzt Herbert Grönemeyer als Schauspieler (»Das Boot«), aber nicht als Sänger, und fragt sich, wieso eigentlich niemand mehr Vanille-Tee mit Kandiszucker trinkt.

Tipp: Um ein Männchen dieser Unterart anzulocken, brauchen Sie lediglich Ihre Hosen aufzukrempeln: (1) Schlagen Sie den Saum Ihrer Jeans um gut fünf Zentimeter nach oben. Achten Sie darauf, dass die Falte genau im rechten Winkel zur Naht sitzt. (2) Halten Sie die Falte gut fest, damit sie nicht verrutscht. (3) Jetzt krempeln Sie das Hosenbein zweizentimeterweise nach oben. Diesen Vorgang wiederholen Sie so oft, bis eine zufriedenstellende Länge erreicht ist (normalerweise drei bis fünf Krempelungen). Voilà!

Lieder, die er mag: »If I Could Turn Back Time« von Cher, »Nostalgie« von Richard Clayderman, »So schön war die Zeit« von Freddy Quinn.

Der Alte Pistengänger

(discoschlurf faltenwurf)

Im Gegensatz zum Jungen Methusalix, der jung ist, aber sich wie ein alter Mann verhält, ist der Alte Pistengänger alt, benimmt sich aber wie ein

Mitglied einer gerade angesagten Boy-Group. Die paar Haare, die ihm noch geblieben sind, hat er entweder mit Hilfe diverser Haarpflegeprodukte in einen angepunkten Wuschelkopf verwandelt oder zu einem kümmerlichen Pferdeschwanz gebunden. Einen zusätzlichen Akzent liefert der Ohrring (»signalisiert modernes und jugendliches Denken«). An jedem Tag der Woche schlüpft der Alte Pistengänger gegen Abend in seine abgeschabte Lederjacke, legt zwei bis drei protzige Ringe an, springt in sein Cabrio und »zieht durch die Clubs«.

Zum tieferen Verständnis

Zurück in die Zukunft, Teil eins bis drei (aufgrund des Themas Zeitreise, aber auch wegen Michael J. Fox und seines Achtzigerjahre-Sex-Appeals).
Die Zeitmaschine von H.G.Wells
Die Grundlage der allgemeinen Relativitätstheorie von Albert Einstein

Tipp: Stellen Sie sich auf Bemerkungen ein, die ganz offensichtlich nur den Zweck haben, sein tatsächliches Alter zu vertuschen, wenn er zum Beispiel REM als »eine der besten Bands unserer Generation« bezeichnet, obwohl seine Generation eigentlich eher mit Conny Froboess groß geworden ist.

Lieder, die er mag: »Forever Young« von Bob Dylan, »Mit sechsundsechzig Jahren, da fängt das Leben an« von Udo Jürgens, aber auf gar keinen Fall »When I'm sixty-four« von den Beatles.

Der Plötzlich-Auf-Der-Matte-Steht
(bumm bumerang)

Ob aus purer Langeweile, als Resultat eines noch frischen Single-Daseins oder aus einem durch übermäßiges Beobachten von Vögeln und Karnickeln im Frühjahr entstandenen Verlangen – Der Plötzlich-Auf-Der-Matte-Steht ist jedenfalls der Ex, der zum denkbar unpassendsten Moment wieder bei Ihnen auftaucht.
Im Gegensatz zu anderen Dodos, die schon durch ihre Aufmachung als solche erkennbar sind, lässt sich diese Unterart ausschließlich durch ihre rückwärts gerichtete Zuneigung identifizieren. Es ist ihm egal, ob Sie ihm damals zum Abschied unter Schluchzen: »Ich hoffe, du schmorst für alle Zeiten in der Hölle« entgegengeschleudert haben. Drei Jahre später ruft er Sie aus heiterem Himmel an, tut so, als wären Sie die ganze Zeit über dick befreundet gewesen, und erkundigt sich nach Ihrem Hund und Ihrer Großtante (die beide mittlerweile das Zeitliche gesegnet haben).

Frauen, auf die sie stehen

Karin Tietze-Ludwig (Lottofee a.D.)
Eva Hermann (Tagesschau-Sprecherin a.D.)
Nicole (Grand-Prix-Gewinnerin a.D.)

Tipp: Die Instinkte des Der-Plötzlich-Auf-Der-Matte-Steht ähneln denen eines verloren gegangenen Haustiers, das sich auf eine unglaublich lange und abenteuerliche Reise begibt, um schließlich nach Jahren der Trennung wieder nach Hause zu finden. Ihnen allerdings werden die beeindruckenden Spurensuchertalente dieser Unterart nicht niedlich, sondern eher dämlich vorkommen.

Lieder, die er mag: »Back For Good« von den Backstreet Boys, »Immer wieder sonntags« von Cindy & Bert, »Hey, nen kleinen Schuss, den hattest du doch schon immer« von Andrea Jung.

Dodos

und die Frauen, die Dodos lieben ...

Während der Dodo auf viele Frauen »megaout« wirken mag, haben andere kein Problem damit. Wenn

Sie es auf einen Dodo abgesehen haben, dann sehen Sie in seinen gleichbleibenden Neigungen vielleicht ein Anzeichen für große Verlässlichkeit. Sie haben wahrscheinlich Spaß an Museumsdörfer, hören bevorzugt Oldie-Sender (»Das Beste aus den Sechzigern und Siebzigern – als Musik noch Musik war«) oder würden gerne noch einmal zur Schule gehen. Da die Zeit im großen Plan des Universums sowieso relativ ist (was uns zumindest die Physiker glauben machen wollen), ist es ja auch egal, ob der Dodo den Finger permanent auf dem Rückspulknopf des Lebens hat, nur um seiner eigenen Ausrottung zu entgehen. Wenn er sich einmal auf etwas eingelassen hat, dann hält er mit größter Sturheit daran fest, seien es die Schwefelsäure-Jeans, sein »Ein-Herz-für-Kinder«-Aufkleber oder Sie.

Wunderliche Vogelwelt

Der letzte bekannte Dodo wurde vermutlich im Jahr 1681 von einem spanischen Conquistador erschlagen. Die Hauptursache für das Aussterben des flugunfähigen Vogels dürften eingeschleppte Ratten sowie verwilderte Schweine und Affen gewesen sein, die die Gelege des bodenbrütenden Vogels gefressen haben.

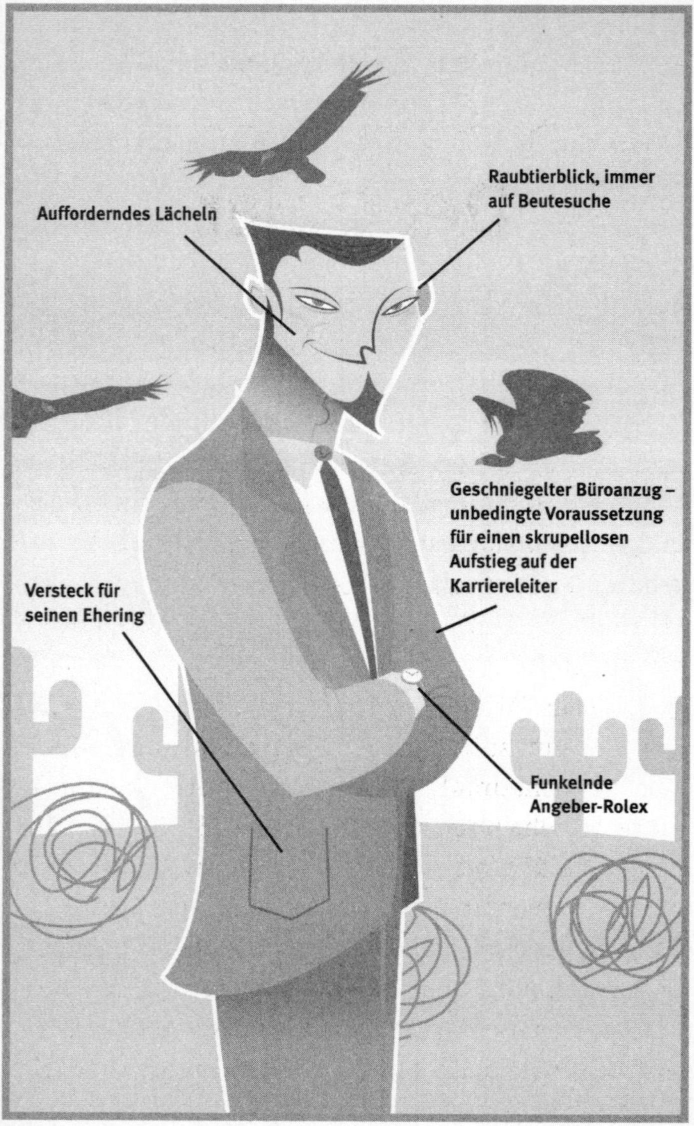
Raubtierblick, immer
auf Beutesuche
Aufforderndes Lächeln
Geschniegelter Büroanzug –
unbedingte Voraussetzung
für einen skrupellosen
Aufstieg auf der
Karriereleiter
Versteck für
seinen Ehering
Funkelnde
Angeber-Rolex

Kapitel neunzehn

Der Geier

Wo aber Aas ist, da sammeln sich die Geier.
Die Bibel, Matthäus 24, 28

Weiß der Geier oder weiß er nich?
Ganz egal! Ich liebe Dich!
Du kannst alles von mir haben,
doch es läuft nichts ohne mich!
Wolfgang Petry

Was ist das für ein Gott, der zulässt, dass ein süßes kleines Hasenbaby zur Zwischenmahlzeit für ein Raubtier der Lüfte auf der Suche nach seiner täglichen Ration Frischfleisch wird? Und, noch schlimmer, was ist das für ein grausamer und gefühlskalter Gott, dass er das Geier-Männchen erschaffen hat, das eine Schneise der Verwüstung durch die Schar seiner namenlosen Verehrerinnen schlägt und in seinem Kielwasser nur blutende, gebrochene Herzen zurücklässt? Mit ihrem imponierend guten Aussehen, ihrem teuflischen Charme und ihrer düster-geheimnisvollen Ausstrahlung ist Geiern nur schwer zu widerstehen, so dass es ihnen ohne Mühe immer wieder gelingt, unschuldige, vertrauensselige Schönheiten in ihr Nest zu locken. Auch Ihnen kann es passieren, dass Sie mit einem Mal glauben, Sie könnten einen solch »bösen Buben« zähmen und ihm die Bosheit austreiben. Wir können nur hoffen, dass Sie Fußball mögen, da er Ihnen mit großer Wahrscheinlichkeit das Herz herausreißen und so tun wird, als sei es der Ball und er Michael Ballack.

Federkleid: Einige Geier sind an den aufdringlichen Blicken, dem gierigen Lächeln oder dem angeberischen Gang sofort zu erkennen. Andere jedoch verhalten sich wie der Wolf im Schafspelz und tarnen sich als allseits beliebte Adler oder dressierbare Wellensittiche. In jedem Fall aber hält sich der Geier für Gottes Geschenk an alle weiblichen Wesen auf dem Erdenrund und davon wird er auch Sie überzeugen. Hören Sie bei der Identifizierung eines möglichen Geiers auf Ihre innere Stimme. Falls sie Ihnen sagen sollte: »Zu schön, um wahr zu sein«, dann können Sie sicher sein: Es ist einer.

Verhaltensmerkmale: Vom Wartezimmer bis zum Schlafzimmer – der Geier ist immer auf Beutezug und nimmt sich rücksichtslos, was immer er will, ohne sich um das Blutbad zu scheren, das er damit anrichtet. Nur notdürftig verbirgt er oftmals hinter einem Schleier des »Charmeurs der alten Schule« ein heimliches Doppelleben wie zum Beispiel seine drei anderen Freundinnen. Bei seinem ungehinderten Aufstieg auf der Karriereleiter betrügt und hintergeht er genau jene hilfsbereiten männlichen Kollegen, die ihn zu ihrem Vorbild auserkoren haben. Als Inbegriff des Größenwahnsinnigen »löst« er Konflikte gerne mit den Fäusten. Seine Drohungen sind in der Regel kein leeres Geschwätz, aber dennoch ist im Schutzpanzer der meisten Geier irgendwo eine Achillesferse versteckt, sei es nun seine irrationale Furcht vor frühzeitiger Glatzenbildung, seine Schwäche für alte Folgen des »Großstadtreviers« oder das quälende Unwohlsein, das ihn regelmäßig in Gegenwart seiner Mutter befällt.

Balz: Nachdem er Sie als seine Beute erblickt hat, kreist der Geier Sie ein (Musik: *Der Weiße Hai*) und versucht mit seinem weltmännischen Charme und seinem magnetischen Sex-Appeal buchstäblich in Ihr Höschen zu kriechen. Er lädt Sie zum Essen in ein teures Restaurant ein und hofft darauf, dass Sie sich verpflichtet fühlen, sich zum Abschluss des Abends »zu revanchieren«. Falls er tatsächlich bei Ihnen landen darf, dann kann es gut sein, dass er sich mitten in der Nacht aus dem

Bett stiehlt. Andererseits: Wenn Sie Ihrerseits das Ganze beenden wollen, kann es geschehen, dass er seine Krallen weit weniger bereitwillig löst und stattdessen besitzergreifende Züge an den Tag legt. Als unermüdlicher Aasfresser hat es der Geier vor allem auf junge, waidwunde Frauen abgesehen, deren Hoffnungen bereits von anderen Männern gründlich zerstört wurden.

Lebensraum: Am wohlsten fühlt sich der Geier in dunklen Bars, wo betrunkene Nymphen seinen Attacken ausgeliefert sind. Tagsüber sitzt er zusammen mit anderen Männchen in den Großraumbüros halsabschneiderischer Immobilienmakler oder international operierender Bankhäuser.

Nistplatz: Der Truthahngeier zischt und knurrt, sobald er sein Nest bedroht sieht. So sollten auch Sie die persönlichen Dinge Ihres Geier-Männchens in Ruhe lassen, sonst könnte es sein, dass Sie seinem verletzlichen Kern begegnen – oder der versteckten Kamera in seinem Schlafzimmerschrank.

Lockmittel: Gar keins! Niemals! Ausrufezeichen!

Fluchtverhalten: Sobald er Ihren gesamten Glauben an das Gute im Menschen sowie Ihre Fähigkeit zu vertrauen vollkommen zerstört hat, wendet er sich seinem nächsten Opfer zu. Oder aber er muss den gerichtlich festgelegten Mindestabstand zu Ihnen einhalten.

Was für ihn spricht: Er bringt Sie vor Zorn und Wut zum Kochen, was bei Ihnen zu enormen Kreativitätsschüben und daraus entstehenden herausragenden Kunstwerken führt, ganz so wie bei der schmählich verlassenen Bildhauerin Camille Claudel oder der Disco-Queen Gloria »I Will Survive« Gaynor.

Was Vogel und Männchen eint

In der Vogelwelt werden Geier aufgrund ihrer Größe und ihres Flugverhaltens oftmals mit Adlern verwechselt. Genauso kann es auch geschehen, dass sich eine Frau in einen Geier verliebt, weil sie in ihm den Adler sieht, nach dem sie sich so verzweifelt gesehnt hat. Und so, wie die Vögel kaum einen Laut von sich geben, so bleiben auch die Geier-Männchen in Gegenwart Ihrer Freunde und Bekannten praktisch stumm, so dass Sie sich zu halbherzigen Rechtfertigungen gezwungen sehen. »Er war einfach sehr müde, Leute. Normalerweise ist er ein ganz herzlicher Typ.«

Die Unterarten

Der Grapscher

(attackus soforticus)

Mag er im Verlauf der ersten Hälfte des Abends noch wie ein höflicher und liebenswerter Dr. Jekyll wirken, so kommt der fummelnde, tatschende Mr. Hyde spätestens dann zum Vorschein, wenn er Sie alleine auf seinem Beifahrersitz oder seinem Sofa hat. Der Grapscher besitzt eine Ehrenmitgliedschaft im DFB (»Deutscher Fummler-Bund«,ha, ha, ha) und er küsst schnell, leidenschaftlich und fast so feucht wie ein Bernhardiner.

Tipp: Wenn Sie ihn in Ihre Wohnung bitten, dann lassen Sie ihn keinen Augenblick allein, sonst kann es geschehen, dass er bei Ihrer Rückkehr im Adamskostüm vor Ihnen sitzt.

Lieder, die er mag: »A Little Less Conversation, A Little More Action« von Elvis Presley, »I Want Your Sex« von George Michael, »Sex Machine« von James Brown.

Der Ganze Kerl

(testosteronium zehnbierum)

Der Ganze Kerl blättert gern in Tittenmagazinen und besitzt eine Urkunde, die ihn als »Zotenkönig vom Ballermann 2002« ausweist. Er bevölkert bevorzugt »Erlebnis-Gaststätten« und Junggesellen-Abschiedspartys. So wie ein gefiederter Geier innerhalb von zwanzig Minuten ein Antilopenskelett vollständig abnagen kann, so kann der Ganze Kerl in vergleichbarer Geschwindigkeit eine Platte mit Schweinshaxen vertilgen. Dafür zeigt er aber null Komma null Interesse an »metrosexuellen« Aktivitäten wie dem Gebrauch von Feuchtigkeitscreme oder dem Besuch eines Nagelstudios. Er schaltet sofort um, wenn im Fernsehen Tampon-Werbung läuft.

Tipp: Der Ganze Kerl mag Sie vielleicht glauben machen, er sei nur ein harmloser Neandertaler, aber nachdem Sie etliche Wochen lang seine wenig romantischen »Spontanbesuche« ertragen haben, wird Ihnen bewusst, dass Sie für ihn nichts weiter sind als eine bequeme Möglichkeit zur Befriedigung seiner fleischlichen Lüste.

Lieder, die er mag: »Männer« von Herbert Grönemeyer, »Can I sex you tonight« von Carl Henry,

»A Guy Is A Guy« von Doris Day, »I'm Bad« von Michael Jackson.

Der Karriere-Geiler

(arschkriechus vaselinus)

Der aasgeierhafte Karriere-Geiler hintergeht seine Kollegen, indem er sich für ihre Arbeit loben lässt, und gewinnt damit auch noch die Anerkennung seines Chefs, der nur noch seine rekordverdächtigen Verkaufszahlen sieht (die übrigens oft genug mit Hilfe von Erpressung oder subtilen Nötigungstechniken zustande gekommen sind). Er schläft sich durch die Betten der Praktikantinnen und lässt sie nach einer Nacht schon wieder fallen. Den Karriere-Geiler entdecken Sie meist kichernd in einer der hinteren Ecken des Seminarraums, in dem die Firma eine dieser Aufklärungs-Veranstaltungen zum Thema »Sexuelle Nötigung« abhalten lässt.

Tipp: Erwarten Sie nicht, dass der Karriere-Geiler sich längere Zeit mit Ihnen einlässt, es sei denn Ihr Papa ist Vorstandsvorsitzender der Deutschen Bank. Dann allerdings können Sie mit Eins-A-Arschkriechereien rechnen.

Lieder, die er mag: »Backstabber« von Eminem, »I'm the Slime« von Frank Zappa.

Der Geheimniskrämer

(täuscher lügner balkenbieger)

Stellen Sie sich irgendeinen »schlimmsten Fall« vor (verheiratet mit drei Kindern, üble Geschlechtskrankheit, mehrere aktuelle Haftbefehle) und Sie werden wahrscheinlich in seiner Vergangenheit darauf stoßen – oder in seiner Gegenwart. Falls Sie nur seine Handynummer haben, noch nie bei ihm zu Hause waren, keinen seiner Freunde kennen und nur wenig über seine Arbeit wissen (die angenehmerweise immer wieder unvorhergesehene »Geschäftsreisen« erfordert), dann sollten Sie als Erstes die äußerst verführerische, aber unwahrscheinliche Möglichkeit ausschließen, dass er Geheimagent ist. Anschließend sollten Sie sich eingestehen, dass er Sie hereingelegt hat – aber deutlich weniger lustig als Frank Elstner bei seinen Streichen mit versteckter Kamera.

Tipp: Wenn Sie ihn wegen seines verdächtigen Benehmens in die Zange nehmen, dann müssen Sie mit vagen Antworten und schmeichlerischen

Ablenkungsmanövern rechnen. (»Wo ich gestern Abend so schnell hin wollte? Keine Ahnung. In Gegenwart einer so schönen Frau fällt mir gar nichts mehr ein.«)

Lieder, die er mag: »Tell Me Lies« von Fleetwood Mac, »Unbelievable« von EMF, »Haus der Lüge« von den Einstürzenden Neubauten.

Geier

und die Frauen, die Geier lieben ...

Sie spielen also gern mit dem Feuer und sind einem Tänzchen auf der Rasierklinge nicht abgeneigt? Nun, das kann Ihnen ein Geier in jedem Fall bieten. Falls Sie insgeheim eine Schwäche für Mafiakiller und den T-1000 (Schwarzeneggers Gegenspieler in *Terminator 2)* haben, dann fühlen Sie sich höchstwahrscheinlich zu dieser gehässigen Spezies hingezogen. Egal, ob Sie leicht einzuschüchtern sind oder aber allem standhalten, was er Ihnen entgegenschleudert ... Sie sollten sich in jedem Fall darauf einstellen, dass der Geier wie ein Wirbelsturm in Ihr Leben einbricht. Vielleicht glauben Sie, stark genug zu sein, um diesen wilden Zeitgenossen zu zähmen und einen treuen

Gefährten aus ihm zu machen. Nur zu, versuchen Sie's. Aber lassen Sie sich eines gesagt sein: Wer den Film »Amoklauf aus Eifersucht« gesehen und nichts daraus gelernt hat, wird früher oder später genauso enden wie Tori Spelling.

Wohlgeformte, durch und durch natürliche Muskulatur, die Stärke signalisiert
OP-Schürze, die er zum täglichen Lebenretten in der Notaufnahme braucht
Feste Schuhe aus seiner Zeit als Entwicklungshelfer
Zeichen seiner bedingungslosen Liebe

KAPITEL ZWANZIG

Der Adler

Der Adler fliegt allein, der Rabe scharenweise; Gesellschaft braucht der Tor und Einsamkeit der Weise.

aus: Friedrich Rückert,
Die Weisheit der Brahmanen

Wenn du einen Adler siehst, dann siehst du einen Hauch von Genie. Also erhebe dein Haupt!

aus: William Blake,
The Marriage of Heaven And Hell

Man nennt ihn den König der Lüfte. In der Antike hielt man ihn für einen Götterboten oder für ein Omen, das die Geburt eines großen Königs ankündigte. Heute dient er vielen Staaten als Wappentier. Sein edles Antlitz grüßt von zahlreichen Münzen unterschiedlichster Währungen. Der Adler symbolisiert alles das, wonach eine Nation strebt: Macht, Anerkennung und Stärke. So symbolisiert auch das Adler-Männchen alles das, wonach eine ganze Nation von Frauen sich sehnt: ein Mann, der einfühlsam, aber kein Waschlappen ist, stark, aber kein Angeber, klug, aber nicht überheblich, einzigartig, aber kein Irrer. Wenn er reich ist, dann protzt er nicht damit herum. Wenn er arm ist, dann ist er nicht schmuddelig. Ein Adler-Männchen ist eben schlicht und einfach »genau der Richtige«.

Federkleid: Selbstbewusst steht der Adler da, mit vorbildlicher Körperhaltung und markanten Zügen, die seine innere Stärke und seinen reinen Geist widerspiegeln. Wie bei Platons Ideenlehre kommt er in der Realität in vielen unterschiedlichen Ausprägungen vor, die aber eigenartigerweise allesamt ein genaues Abbild der Vollkommenheit sind: sei es eine Glatze, die Sie küssen, oder ein dichter Haarschopf, durch den Sie Ihre Finger gleiten lassen möchten, sei es ein anbetungswürdiges, perfektes Lächeln oder aber schiefe Zähne, die gerade Sie besonders niedlich finden, sei es eine ausgeprägte Vorliebe für Boxershorts oder eine Schwäche für Slips.

Verhaltensmerkmale: Der Adler ist ein wandelnder Werbespot für das Beste im Menschen: In seiner Freizeit leistet er ehrenamtliche Arbeit in Obdachlosenunterkünften, er geht wahnsinnig gern mit seinem Hund spazieren oder kuschelt sich mit seiner Katze und einem guten Buch in die Sofaecke, und nach jedem Familienessen im Haus seiner Mutter wäscht er ab. Souverän und charmant bewältigt er jede nur denkbare Situation, reißt auf elegante Weise einen Straßenräuber zu Boden, der einer alten Frau die Handtasche gestohlen hat, und schafft es, ein Kleinkind mit beruhigenden Worten aus einem Wutanfall zu befreien.

Balz: So wie der echte Steinadler Jahr für Jahr zu seinem Nistplatz zurückkehrt, steht auch das Adler-Männchen in unerschütterlicher Liebe zu Ihnen und nur zu Ihnen. Er bringt Ihnen geschmackvolle Blumensträuße mit – schlichte Lilien vielleicht oder anmutige Tulpen, niemals jedoch blau gefärbte Nelken. Die unausgesprochene Spannung, die Sie schon beim ersten Kennenlernen empfunden haben, beruht auf Gegenseitigkeit, als gäbe es so etwas wie eine stille Übereinkunft zwischen Ihnen, dass Sie irgendwann in nicht allzu ferner Zukunft übereinander herfallen und einander die Kleider vom Leib reißen werden. Vielleicht fühlen Sie sich angesichts seiner Vollkommenheit ein wenig (oder außerordentlich) eingeschüchtert, aber das liegt ganz allein an Ihnen. Er selbst gibt Ihnen jedenfalls nicht den geringsten Anlass, sich klein und hässlich zu fühlen, sondern überschüttet Sie mit Komplimenten und Huldigungen aller Art.

Lebensraum: Da der Adler ein begehrtes Opfer aller Männer jagenden Frauen ist, ist er leider, genau wie sein gefiedertes Ebenbild, vom Aussterben bedroht. Lässt sich irgendwo einer sehen, dann dauert es nicht lang, bis er in einer auf eine gemeinsame Zukunft angelegten Beziehung verschwunden ist. Es gibt aber auch einige wenige Orte, die garantiert adlerfrei sind: Pornokinos, Gefängnisse sowie rassistische oder sexistische Veranstaltungen.

Nistplatz: Gut möglich, dass Sie nach dem Eintreten glauben, sich in einer Fata Morgana zu befinden, so überwältigend ist die Wirkung dieser weiten, sauberen und geschmackvoll eingerichteten Räumlichkeiten. Und Sie können sicher sein: Seine Wohnung ist tatsächlich so perfekt, wie sie aussieht – kaum ein billiges Möbelstück, makellos sauber, ohne jedoch steril zu wirken (abgesehen vom Badezimmer, aber das versteht sich von selbst), ein vielfältiges Angebot an frischem Obst und Gemüse, eine kleine, aber feine Espressomaschine, umgeben vom Duft frisch gemahlener Kaffeebohnen, eine saubere Schale mit Wasser für seine Katze und eine zusätzliche Zahnbürste, die er extra für Sie besorgt hat.

Lockmittel: Womöglich wollen Ihnen zahlreiche wohlmeinende Freundinnen weismachen, dass es immer dann geschieht, wenn man überhaupt nicht daran denkt. Ignorieren Sie diese wenig hilfreichen und klischeehaften Ratschläge. (Denken Sie wirklich jemals *nicht* daran?) Beten Sie stattdessen mit aller Kraft zu Gott, Allah, der Mutter Erde, Zeus und zu jeder anderen Gottheit, der Sie irgendwelche Kräfte zusprechen. Anschließend platzieren Sie sich an einer Schnittstelle Ihrer Schicksalslinie mit einer besonders günstigen astrologischen Konstellation, so dass er nach einer ganzen Reihe außergewöhnlich romantischer, komödienhafter Zufälle wie von Zauberhand in Ihrem Leben erscheinen kann. (»Ich war auf dem Flug nach Berlin und habe mich an einer Erdnuss verschluckt. Da ist er durch den Gang zu mir gerannt und hat mir mit einem einzigen Handgriff das Leben gerettet! Seither sind wir zusammen.«)

Was Vogel und Männchen eint

Adler sind bekannt für ihre anmutigen Vereinigungsrituale. Sie umfassen im Flug die Klauen des Partners/der Partnerin und torkeln dann langsam in Richtung Boden, wobei sie den Fall mit den Flügeln abbremsen. Dieses Ritual wird jedes Jahr während der Brunftzeit wiederholt, auch wenn die Vögel schon jahrelang ein Paar sind. So ist auch das Adler-Männchen ein kreativer und artistischer Bettgenosse, und zwar auch dann noch, wenn Sie schon länger mit ihm zusammen sind, als Sie ohne ihn waren.

Fluchtverhalten: Adler verlassen ihre Partnerin nicht. Es ist die wahre Liebe. Falls Sie ihn bei einem heimlichen Gespräch mit einer Kollegin ertappen, keine Angst: Es dient nur der Ermittlung des genauen Umfangs Ihres Ringfingers, damit er den wertvollen Verlobungsring seiner Urgroßmutter entsprechend anpassen lassen kann. Das Einzige, was einen Adler zum Gehen veranlassen kann, ist, dass er *Ihnen* die Zeit geben will, die *Sie* brauchen. Falls Sie aus irgendeinem Grund die Beziehung beenden wollen, dann bestimmt nicht, weil er sich wie ein mieses Schwein verhalten und zu einer Nutte gegangen ist, nur um Ihnen eine Geschlechtskrankheit anzuhängen. Die Trennung verläuft vielmehr wohlgeordnet und sehr erwachsen. (»Liebling, ich habe das Gefühl, dass ich dir zu viel kostbare Zeit stehle und dich daran hindere, die Primaballerina zu werden, die du immer werden wolltest. Also, geh, und lebe deinen Traum!«)

Was für ihn spricht: Er gibt Ihnen den Glauben an das Gute im Mann wieder und weckt in Ihnen die Hoffnung, dass Sie unter all den Männern auf der großen weiten Welt eines Tages den einen Adler finden, der mit Ihnen Tisch und Bett teilt. Er betrachtet Sie jederzeit als genau die schöne, kluge und wundervolle Frau, die Sie auch sind.

Die Unterarten

Der Edle Aristokrator

(aristocratus monetarius)

Der Edle Aristokrator stammt aus einer weit zurückreichenden Dynastie des Reichtums, der Macht und der Schönheit (Hohenzollern, Stauffer oder Thurn und Taxis). Für ein Leben im Jet-Set geboren, wählt er dennoch seinen eigenen Weg und geht zunächst einmal als Entwicklungshelfer in die Sahel-Zone oder arbeitet mit schwerbehinderten Kindern. Sobald er sich dann entschieden hat, in die Fußstapfen seiner Vorfahren zu treten und die Firma zu übernehmen, führt er sie auf einen ungeahnten Höhenflug, stellt Tausende neuer Mitarbeiter ein, ohne jemals einen der alten zu entlassen, und ist sich nicht zu schade, immer dort mit anzupacken, wo Not am Mann ist. Das Einzige, wofür er Geld im Übermaß ausgibt, sind Sie, und auch das geschieht auf geschmackvolle und niemals übertriebene Art und Weise.

Tipp: Stellen Sie fest, dass das Leben tatsächlich ein niemals endendes Fest sein kann.

Lieder, die er mag: »Liebestraum« von Franz Liszt, »Hochzeitsmarsch« von Felix Mendelssohn-Bartholdy, »Pennies from Heaven« von Bing Crosby, »Brautlied« aus »Lohengrin« von Richard Wagner.

Der Unerschrockene Supermann

(wohltatus extraordinarius)

Ob als Feuerwehrmann, Polizist, Arzt oder Fahrer eines Notarztwagens, der Unerschrockene Supermann verkörpert tagsüber den Superhelden, indem er die Schwachen beschützt und den Hilflosen hilft. Mag sein, dass er sich von Zeit zu Zeit für Gott hält, aber soll man ihm deshalb böse sein? Immerhin bringt er Babys zur Welt und rettet schwer kranken Menschen das Leben. Der Unerschrockene Supermann ist mühelos in der Lage, Sie in seine starken Arme zu nehmen und Sie hinwegzutragen, so wie Richard Gere in der Schlussszene von *Ein Offizier und Gentleman*. Darüber hinaus ist er so entwaffnend süß, dass sogar das Sandmännchen neben ihm wie ein ungehobelter Rüpel wirkt.

Tipp: Nicht nur aufgrund seiner Uniform (sexy!) und Ihrer Kindheitserinnerungen an das Raumschiff Enterprise wirkt der Unerschrockene Supermann so anziehend, sondern auch, weil er Sie scheinbar vor allen Übeln dieser Welt beschützen kann, seien es grässliche Chefs, Bombendrohungen oder ein geplatzter Autoreifen.

Lieder, die er mag: »I Need A Hero« von Bonnie Tyler, »Someone Saved My Life Tonight« von Elton John, »Heldenzeit« von Wir Sind Helden.

Der Wunderschönling

(adonis naturalis)

Er ist der atemberaubendste Mann, den Sie je gesehen haben, und doch protzt der Wunderschönling nicht mit seiner äußeren Erscheinung, ja, er scheint sich ihrer nicht einmal bewusst zu sein. Nicht nur, dass er auf jede Art von Haarpflege verzichtet, er könnte auch mitten in einem Wirbelsturm eine zerfetzte Jeans und ein verdrecktes T-Shirt tragen und würde immer noch umwerfend aussehen. Sein wohlausgewogener Stoffwechsel lässt weder Mund- noch Körpergeruch zu, aber das Beste an ihm ist, dass der Wunderschönling sich meist nicht zu den auf Äußerlichkeit getrimmten Models, sondern zu den einfachen Mädchen hingezogen fühlt, die das Herz am rechten Fleck und seelischen Tiefgang haben.

Tipp: Wenn Sie es ertragen können, dass er schöner ist als Sie, dann ist er Ihnen ein guter Partner, der Sie auch nach vielen Jahren (»wenn in den Haaren Silber ist«) noch anturnt. (Denken Sie an Paul Newman.)

Lieder, die er mag: »Take My Breath Away« von Berlin, »Bei mir bist du schön« von den Andrews Sisters, »Sweet Adonis« von Carol King.

Der Kleine Lord

(romeo vonnebenan)

Der Kleine Lord ist der freundliche Kerl aus der Straßenbahn, der sich demütig der Herausforderung stellt, zum Märchenprinzen zu werden, und die Prüfung mit fliegenden Fahnen besteht. Er wirbt mit einfachen Gesten um Sie – indem er zum Beispiel während eines Gewittersturms mit einer Gummiente in der Hand vor Ihrer Tür steht oder Ihnen bei der ersten Verabredung ein Mitbringsel für Ihre Katze in die Hand drückt. Er ist immer wieder für entwaffnende Äußerungen gut, die Sie rettungslos dahinschmelzen lassen: Wenn Sie ihm zum Beispiel gestehen, dass er eigentlich viel zu vollkommen sei, um wahr zu sein, und dass Sie die ganze Zeit befürchten, dass er noch irgendwo eine Leiche im Keller hat, erwidert er: »Ich wohne in einem Penthouse. Da gibt es gar keinen Keller.« In Augenblicken wie diesen fehlt Ihnen eigentlich nur noch eine gewaltige und emotional aufwühlende Hintergrundmusik wie zum Beispiel Beethovens Neunte.

Tipp: Arbeitslos, schlechter Mode- oder Musikgeschmack, schlimmer Mundgeruch – das alles lässt sich überwinden, denn er ist der Mann, den Sie lieben.

Lieder, die er mag: »The Search Is Over« von Survivor, »Romeo and Juliet« von den Dire Straits, »Die Perfektion« von Madsen.

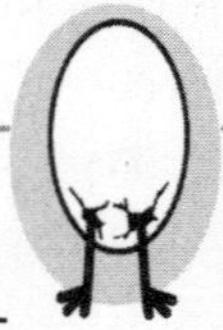

Dem Jungvogel auf der Spur

Schon als Kind hat der Adler regelmäßig die Schwächeren unterstützt, hat dem aufgeblasenen Bürschchen, das immer das arme Mädchen tyrannisiert hat, eine ordentliche Abreibung verpasst oder aber seine Beliebtheit und seinen wachen Adlerverstand eingesetzt, um diejenigen lächerlich zu machen, die meinten, sie müssten die Klassenstreber verarschen.

Adler

und die Frauen, die Adler lieben ...

Sie haben sich also einen Adler gesichert? Was gibt es da noch zu sagen? Sie haben Glück gehabt, sehr, sehr viel Glück. Vielleicht sollten Sie anfangen, Lotto zu spielen, da sich die Schicksalsmächte so eindeutig auf Ihre Seite geschlagen haben. Mit einem Adler an Ihrer Seite schreiten Sie einer goldenen und märchenhaften Zukunft entgegen. Denken Sie jedoch immer daran, dass es da draußen Unmengen von Frauen gibt, die die Suche nach diesem High-End-Exemplar an männlicher Perfektion noch nicht aufgegeben haben. Deshalb sollten Sie versuchen, Ihr Glück zu teilen: Bieten Sie Ihrer Schwester an, sie mit seinem netten Cousin bekannt zu machen. Machen Sie niemals irgendwelche selbstgefälligen Ehefrauen-Bemerkungen (»Irgendwie fehlt mir ja das Single-Leben«) und genießen Sie Ihre Beziehung, ohne damit zu protzen. Schließlich haben Sie ungezählte Stunden in der Wildnis der Flirt-Szene zugebracht, um Männchen zu beobachten, bis Sie sich schließlich diesen einen, den Begehrtesten von allen, gesichert haben. Vergessen Sie all die faulen Eier, die Ihnen in Ihrem bisherigen Leben bestenfalls ein »Houston, wir haben ein Problem« entlockt haben. Mag die Landung dieses Adlers nur ein sehr kleiner Schritt für die Menschheit sein – für Sie ist sie ein gewaltiger Sprung!

Quiz

Jedem Weibchen das passende Männchen

Welcher Vogel ist genau Ihr Typ?

Haben Sie ein Auge auf einen Adler geworfen? Eine Brieftaube im Blick? Den Wunsch nach einem Wellensittich? Ganz egal, welche Vögel Ihnen den Mund wässrig machen, irgendwo da draußen gibt es genau den Richtigen für Sie. Mit Hilfe der folgenden Fragen finden Sie heraus, welche Männchen-Gattung am besten zu Ihnen passt. Dazu kreuzen Sie einfach all jene Aussagen an, die Ihnen und Ihren Überzeugungen entsprechen. Wenn Sie fertig sind, dann tragen Sie die Übereinstimmungen mit den jeweiligen Männchen-Typen in die Tabelle auf den Seiten 284/285 ein. Wer weiß, vielleicht ist der mit den meisten Übereinstimmungen ja tatsächlich Ihr persönlicher Traumprinz?*

* Die Autorinnen übernehmen keinerlei Verantwortung dafür, wie Sie nach der Beantwortung der folgenden Fragen Ihre Partnersuche gestalten und wen Sie sich aussuchen. Also bitte verklagen Sie uns nicht, falls Ihre Beziehung in die Binsen geht.

☐ 1. Ich habe nichts gegen One-Night-Stands. Manchmal sind sie mir sogar lieber als etwas Festes. (6) (8)

☐ 2. Aus meiner Sicht ist unsere Kultur sowieso dem Untergang geweiht. (3)

☒ 3. Einem Kerl, der keinen Reifen wechseln kann, würde ich niemals Vorwürfe machen (nicht einmal im Stillen). (13)

☒ 4. Ich liebe es, wenn ein Mann mir Gedichte schreibt – auch, wenn dabei nur lächerliches Herz-Schmerz-Gefasel rauskommt. (14) (19)

☒ 5. Ich mag Männer, die eine geheimnisvolle Aura haben – sie ziehen mich magisch in ihren Bann. (20)

☐ 6. Iceman aus *Top Gun* war ein scharfes Eisen, den hätte ich nicht von der Bettkante geschubst. (8)

☐ 7. Wenn man wahnsinnig verknallt ist, ist Knutschen und Fummeln in der Öffentlichkeit völlig in Ordnung. (19)

☐ 8. Ich bleibe ganz ruhig, auch wenn mein Partner im Rhythmus seiner flatternden Augenlider durch die Programme zappt. (6)

☒ 9. Mit wildfremden Menschen auf einer Party irgendwelchen Smalltalk machen, das ist schlimmer als der Tod. (20)

- ☐ 10. Bei einem Date bezahlt der Typ. Wenn die Rechnung kommt, mache ich nicht einmal andeutungsweise den Versuch, nach dem Portemonnaie zu greifen. (15)
- ☐ 11. Ich habe kein Problem damit, die »andere Frau« zu sein. (8)
- ☒ 12. Ich habe nichts dagegen, die Interessen meines Partners zu teilen – solange sie mich auch interessieren. (6)
- ☐ 13. Ich kann die Titelmelodie von *Skippy, das Buschkänguru* summen. (11) (14)
- ☐ 14. Bevor ich mit meinem Freund ins Bett gehe, schminke ich mich noch mal sorgfältig. (15)
- ☐ 15. Ich bin fest davon überzeugt, dass es den durch und durch perfekten Mann tatsächlich gibt. (7)
- ☒ 16. Ich bekomme jedes Mal weiche Knie, wenn ein Mann mir ein Ständchen bringt. (18) (19)
- ☒ 17. Am liebsten sehe ich romantische Komödien, weil das genau die Filme sind, die mir Hoffnung machen. (7) (19)
- ☐ 18. Ich würde zwei Jahre meines Lebens opfern, wenn ich dafür ein Date mit einem echten Promi bekommen könnte. (15)
- ☐ 19. Meine Eltern haben an meinen Freunden nichts auszusetzen. (1) (7) (9)

❑ 20. Als feierfreudigen Partygänger finde ich Dieter Bohlen viel sympathischer, als wenn er den treu sorgenden Familienvater mimt. (8)

❑ 21. Ich spiele mit dem Gedanken, mir die Brüste vergrößern zu lassen – oder habe es schon hinter mir. (15)

❑ 22. Meine Freundinnen sagen immer, ich sei viel zu wählerisch. (7)

❑ 23. Ich sitze lieber auf dem Sozius einer Harley als auf dem Beifahrersitz eines Porsche. (20)

❑ 24. Es macht mir überhaupt nichts aus, am Freitagabend mit einem guten Buch zu Hause auf dem Sofa zu liegen. (14)

❑ 25. Mein Freund könnte ein drittes Auge auf der Stirn haben, ich fände ihn trotzdem perfekt. (7) (17)

❑ 26. Ich verschenke lieber witzige Glückwunschkarten mit einem ironischen Unterton als den üblichen, sentimentalen Schmalz. (3)

❑ 27. Ich habe vor dem Abitur mehrfach die Leistungskurse (oder die Schule) gewechselt. (6)

❑ 28. Ich könnte mich auch in einen Kerl verlieben, der regelmäßig zur Maniküre geht. (15)

☒ 29. Ein Mann in Uniform macht mich an – solange er kein Arschloch ist. (7)

☒ 30. Und wenn der Kerl, den ich liebe, seine Arbeit verlöre, Konkurs anmelden müsste und die schlimme und hoch ansteckende Norwegische Krätze bekäme – ich würde ihn trotzdem lieben. (7) (17)

☒ 31. Auch wenn ich es nur äußerst ungern zugebe, aber die äußere Erscheinung ist ein entscheidendes Kriterium dafür, ob ich mich auf eine Verabredung einlasse oder nicht – ganz egal, wie nett der Kerl auch sein mag. (8) (15)

☒ 32. Ich schmuse gern mit kleinen Hunden und Katzenbabys. (19)

☒ 33. Ich würde mir lieber die Hand an die Wand tackern, als die Gefühle eines anderen Menschen zu verletzen. (2) (9)

☒ 34. Ein guter Gesprächspartner ist mir lieber als der schweigsame Typ. (12)

☐ 35. Kramer wäre mir auf jeden Fall lieber als Jerry Seinfeld. (4) (6) (16)

☒ 36. Ich finde es süß, wenn ein Mann in meiner Gegenwart nervös und fahrig wird. (13)

☒ 37. Zurückhaltend ist mir auf jeden Fall lieber als klammernd. (20)

☒ 38. Ich bin die Königin des Flirts (kicher-zwinker-grins-erröt). (19)

- ❑ 39. Ich möchte mich mit meinem Freund auch über die Rücklaufquoten bei Kundenbefragungen unterhalten können. (12)
- ❑ 40. Ich würde lieber Ryan als Seth aus *O.C. California* kennen lernen. (20)
- ❑ 41. Mich hält es auch an Regentagen kaum zu Hause. (6)
- ❑ 42. Bei einem Rendezvous darf einfach keine peinliche Stille aufkommen. Man sollte sich immer etwas zu sagen haben – auch wenn dabei nur ödes Getratsche herauskommt. (12)
- ☒ 43. James Dean wäre mir lieber als Dustin Hoffman. (20)
- ❑ 44. Es ist mir egal, was die Leute sagen, aber Babys sehen nun mal aus wie winzige alte Männer und kleine Kinder gehen mir auf die Nerven. (3)
- ❑ 45. Zu einem wirklich gelungenen Urlaub gehören für mich gotische Kathedralen, eisgekühlter Pastis und ein verstecktes Künstler-Café. (14)
- ☒ 46. Eigentlich bleibe ich lieber mit meinem Schnucki und einem Film aus der Videothek zu Hause, als in irgendwelchen Diskos herumzuhüpfen. (9)
- ❑ 47. Thomas Gottschalk wäre mir lieber als Harald Schmidt. (6) (16)

- ❑ 48. Ich habe beim Friseur schon einmal gesagt: *Die gleiche Frisur wie Verona Feldbusch.* (10)
- ☒ 49. Ich hatte mal einen Freund, der war mindestens zehn Jahre jünger als ich. (11)
- ❑ 50. Gelegentlich sehe ich mir im Fernsehen Kochsendungen und Einrichtungstipps an. (9)
- ☒ 51. Wenn ich wählen könnte, dann hätte ich lieber Ernie als Bert. (2) (9)
- ❑ 52. Auf gar keinen Fall. Bert ist genau mein Typ. (3) (5)
- ❑ 53. Ich sehe im Fernsehen lieber Nachmittags-Talk-Shows als Filme. (12)
- ☒ 54. Raufereien und Boxkämpfe sind bemitleidenswerte Zeugnisse einer falsch verstandenen »Männlichkeit«. (2) (13)
- ☒ 55. Ich habe absolutes Vertrauen zu meinem Freund, aber trotzdem würde ich ihm niemals erlauben, zu einem Junggesellenabschied zu gehen, wo eine Stripperin auftritt. (9)
- ❑ 56. Bei einem tollen Typen nehme ich auch fauligen Atem und unerträglichen Körpergeruch in Kauf. (17)
- ❑ 57. Ich sehe mir gerne die alten Reiseberichte im dritten Programm an. (11)

- [ ] 58. Ich war im Verlauf der letzten drei Jahre mindestens einmal freiwillig im Sinfoniekonzert oder in der Oper. (14)
- [ ] 59. Ich wünschte, ich wäre noch mit meinem ersten Freund aus der Schule zusammen. Der war einfach ein netter Junge! (11)
- [x] 60. Ich möchte eigentlich lieber weiter draußen leben als mitten in der Stadt – U-Bahnen und Menschenmassen sind mir unangenehm. (9)
- [x] 61. Ich bin eine hervorragende Zuhörerin. (12)
- [x] 62. Typen, die sich zu sehr herausputzen, sind mir suspekt und zu mädchenhaft. (17)
- [ ] 63. Ich will den Märchenprinzen und ich werde ihn kriegen – den Mann, der mir den Atem raubt und mir jeden Morgen ins Ohr haucht, dass ich schöner bin als die Sonne. (19)
- [ ] 64. Ich bin eine absolute Tratschtante – ich will einfach über jedes schmutzige Geheimnis Bescheid wissen. (12)
- [ ] 65. Dreitagebart finde ich gut. (17) (20)
- [x] 66. Ich bewundere Bono von U2 für sein politisches Engagement genauso wie für seine Musik. (2)
- [x] 67. Ich brauche einen Mann, der vor mir auf die Knie geht und sich für nichts zu scha-

de ist … und damit meine ich das Badezimmer. (9)

- ❑ 68. Er hat auf die Klobrille gepinkelt? Was soll's – ich habe drei Brüder. (17)
- ❑ 69. Als Jugendliche habe ich jeden Nachmittag etwas anderes gemacht: Ballett, Volleyball, Cellounterricht, Schülerchor und Theater-AG. (6)
- ❑ 70. *Beavis und Butthead* sind ein Klassiker der Fernsehkultur. (16) (17)
- ❑ 71. Das Fernsehen zerstört die Seelen der Menschen. Daher lese ich viel lieber ein gutes Buch. (14)
- ❑ 72. Ich lese jede *Brigitte* mindestens dreimal gründlich durch. (10)
- ❑ 73. Ich bin so weit, also lass uns zur Sache kommen … und zwar dalli. (8)
- ❑ 74. Ich stehe nicht gerne im Mittelpunkt. (12)
- ☒ 75. Ich wäre ziemlich verschnupft, wenn mein Freund mir am Valentinstag keine Blumen oder Pralinen schenken würde. (19)
- ❑ 76. Meine Beine sind normalerweise ziemlich dicht behaart – ich brauche also einen Mann, den das nicht stört. (2) (17)
- ❑ 77. Mit einem, der keinen geregelten Vierzig-Stunden-Job ohne Schichtdienst hat,

fange ich erst gar nichts an. Wieso soll ich meine kostbare Zeit verplempern? (1)

- ☒ 78. Ich lese gerne historische Liebesromane – die Männer damals waren einfach viel romantischer als die heutzutage. (11)
- ☒ 79. Es lohnt sich auf jeden Fall, die eigenen Stärken deutlich herauszustreichen. (5)
- ☒ 80. Ein Supermann, der mich in den siebten Himmel entführt, das wär's. (7)
- ☐ 81. Das verstehe ich nicht. Wie kann man denn *keinen* frisch aufgebrühten Kamillentee mögen? (14)
- ☐ 82. Ich trage einen Anhänger mit meinem Namen oder in Form eines diamantenen Hufeisens um den Hals – wie Carrie von *Sex and the City*. (10)
- ☐ 83. Ich habe schon einmal das Essen in einem Restaurant zurückgehen lassen, weil es mir nicht geschmeckt hat. (3)
- ☐ 84. Sparsame Typen können in ihren billigen Tretern einen schönen großen Bogen um mich schlagen – mit so einem würde ich mich nie einlassen. (15)
- ☒ 85. Ich hatte schon einmal ein Rendezvous in einem McDonald's oder einer Bäckerei-Filiale. (1)
- ☐ 86. Meinen MP3-Player nehme ich praktisch überallhin mit. (18)

☒ 87. Ich hasse Horror- und Gewalt-Filme. (13)

❑ 88. Ich bevorzuge eher aufgeschlossene Typen und weniger die Schüchternen. (12)

❑ 89. Ich habe das *Phantom der Oper, Cats* und *Miss Saigon* gesehen. (18)

☒ 90. Bei einem coolen Auto jagt meine Drehzahl schlagartig in den roten Bereich. (15)

☒ 91. Ich kann es auf den Tod nicht ausstehen, wenn alte Leute oder kleine Kinder beim Spielen betrügen. (5)

❑ 92. Meine monatliche Handy-Rechnung ist astronomisch hoch. (12)

❑ 93. Ich besitze mindestens zwei Artikel von Louis Vuitton, Dolce & Gabbana oder Prada. (15)

❑ 94. Ich schenke meinen Freundinnen und Freunden ausführliche, selbst zusammengestellte Musikkassetten oder -CDs und bin sauer, wenn sie sich nicht nach spätestens vierundzwanzig Stunden melden und sagen, dass sie sie total super finden. (18)

❑ 95. Ich gebe es ja zu: Ich stehe auf Achtzigerjahre-Musik wie zum Beispiel Wham! und Culture Club. (11)

- ❑ 96. Ich liebe das Abenteuer und fahre sehr gern Mountainbike, surfe oder kämpfe mit Krokodilen. (6)
- ❑ 97. Jedes Mal, wenn ich einen zweideutigen Witz höre, muss ich lachen – ich kann überhaupt nichts dagegen machen. (16) (17)
- ❑ 98. Niemals würde ich mit so einem gebrauchten, alten Kadett durch die Stadt fahren. (15)
- ❑ 99. Dieser Blödmann da drüben mit dem Lampenschirm auf dem Kopf ist eigentlich auch irgendwie niedlich. (16)
- ❑ 100. Ich bekomme immer wieder zu hören, dass ich mich viel zu schnell in irgendwelche Typen verliebe. (19)
- ❑ 101. Kreuzfahrten oder Luxushotels sind nichts für mich – ich will mich lieber durch die raue Wildnis kämpfen. (17)
- ❑ 102. Ich würde niemals Kinder in diese Welt setzen wollen. (3)
- ❑ 103. Der gut aussehende und hoch begabte André Rieu nimmt einen großen Platz in meinem Herzen ein – und in meinem CD-Regal. (11) (18)
- ❑ 104. Es macht mir gar nichts aus, dass ich regelmäßig als Opfer für irgendwelche dämlichen Streiche herhalten muss. (16)

- ❑ 105. Ich würde im Flugzeug lieber neben Ingo Appelt als neben Otto Waalkes sitzen. (3)
- ☒ 106. Gelegentlich kann ein heftiger Streit unheimlich belebend für eine Beziehung sein. Paare, die sich nie streiten, unterdrücken ihre Gefühle und sind unterschwellig aggressiv. (5)
- ❑ 107. Ich habe schon mindestens eine Calvin-Klein-Jeans besessen. (10)
- ❑ 108. Mein Alltag ist so stressig, dass ich einfach jemanden brauche, der mich zum Lachen bringt. (16)
- ❑ 109. Kauzige, komische Typen, die immer gegen den Strom schwimmen, gefallen mir. (4) (16)
- ❑ 110. Uwe Ochsenknecht wirkt auf seltsam-verquere Weise sexy. (8)
- ❑ 111. Angeblich fahre ich Auto wie eine alte Oma. (11) (13)
- ❑ 112. Ich hätte lieber ein Date mit Bastian Pastewka als mit Prinz William. (16)
- ❑ 113. *Charlie und die Schokoladenfabrik* ist einer meiner Lieblingsfilme. (4)
- ❑ 114. Ich habe die *Gala* abonniert. (10) (14)
- ☒ 115. Ich habe die Typen so satt, die mir gleich beim ersten Kennenlernen an die Wäsche wollen – man kann sich doch wirklich ein bisschen mehr Zeit lassen. (13)

❑ 116. Verdorbene Witze sind zwar blöd, aber ich muss trotzdem jedes Mal lachen. (16)

❑ 117. Tanze Samba mit mir, Samba, Samba die ganze Nacht, tanze Samba mit mir, weil die Samba mich glücklich macht. (4) (18)

❑ 118. Der Cirque de Soleil lässt mir den Atem stocken! (4) (14)

❑ 119. Ich suche mir bestimmt keinen Kerl mit einem langweiligen Vierzig-Stunden-Bürojob. (6) (20)

❑ 120. Ich hatte mal einen Freund, der war mindestens zehn Jahre älter als mein Vater. (11)

❑ 121. Seilspringen macht Spaß, im Park genauso wie im Fitnessstudio. (4)

❑ 122. Ich versuche, mich so gut es geht an die Spielregeln zu halten und keinen Ärger zu bekommen. (1) (13)

❑ 123. Ich kaufe meine Sachen bei Textilketten wie H&M, P&C oder S.Oliver. (1)

❑ 124. Ich stehe eher auf Rockstars als auf Schauspieler. (18)

❑ 125. Ich bin vielleicht keine Monica Lewinsky, aber auch ich fühle mich zu Respekt gebietenden Männern mit einer gewissen Machtfülle hingezogen. (7) (8)

❑ 126. Ein Skatepark bringt Bock! (4) (11)

- ☒ 127. Ich mag Männer, die sich ihrer Tränen nicht schämen. (13)
- ❑ 128. Ich wünschte, *Friends* hätte niemals aufgehört. (1)
- ❑ 129. Männer, die meinen Musikgeschmack nicht teilen, kann ich nicht ausstehen – wenn wir nicht einmal die Lieblings-Band teilen können, wie soll das erst mit dem Rest unseres Lebens funktionieren? (18)
- ❑ 130. Die Beziehung zwischen Lisa und Daniel in *Verliebt in Berlin* fand ich toll. (5)
- ❑ 131. Ich hasse Streit und bin garantiert mit allem einverstanden, wenn dadurch wieder Frieden einkehrt. (2) (5)
- ❑ 132. Ich suche nach einem Mann, der so ist wie Jane Austens Mr. Darcy. (7) (14) (19)
- ❑ 133. Ich suche jemanden, der ehewillig ist, Vater werden möchte und gerne den Rasen mäht. (1)
- ❑ 134. Ich bin begeisterte Leserin von *Gala*, *Bunte* und etlichen Mode-Zeitschriften. (10)
- ☒ 135. Es gibt Verschwörungstheorien, die ich durchaus glaubhaft finde. (5)
- ❑ 136. Egal, wie viel Kirchensteuer ich bezahlen muss, ein Austritt kommt nicht in Frage. (2)

- ❑ 137. Ganz ehrlich, meine Fellstiefel sind so was von bequem! (10)
- ❑ 138. Wenn andere mit ihren Problemen zu mir kommen, dann fühle ich mich dadurch irgendwie bestätigt. (3)
- ❑ 139. Lex Luther mit seinem kahl geschorenen, glänzenden Schädel und seinem dämonischen Grinsen besitzt so viel mehr Sex-Appeal als dieser spießige, seitengescheitelte Superman. (8)
- ❑ 140. Ich möchte, dass mein Freund mich ins Fußballstadion mitnimmt. (1)
- ❑ 141. Tom Hanks geht mir *richtig* auf den Zeiger. (3)
- ❑ 142. Ich weiß, wer Steven Cojocaru ist. (10)
- ❑ 143. Zu viele gut gelaunte Menschen um mich herum gehen mir manchmal auf die Nerven. (3) (20)
- ❑ 144. Ich habe bei der letzten Bundestagswahl die GRÜNEN gewählt und ich bin stolz darauf. (2)
- ❑ 145. Mein Freund sollte nicht zu auffällig oder ausgeflippt daherkommen. (1) (19)
- ❑ 146. Alle lieben Raymond … ich auch. (1)
- ❑ 147. Ich habe die White Stripes schon gehört, bevor sie berühmt waren. (10) (18)

- [x] 148. Meine Garderobe (und meine Lebenseinstellung) ist Schneewittchen sehr viel näher als der bösen Schwiegermutter. (4)
- [x] 149. Leute, die Fleisch essen, sollten auch einmal daran denken, was die Kühe dabei empfinden. (2)
- [ ] 150. In der Oberstufe war ich Schülersprecherin. (5) (12)
- [ ] 151. Egal was ich mache, ich bin eigentlich immer spitze. (5)
- [ ] 152. Ich habe mir jetzt so einen trendigen Nackenspoiler schneiden lassen – oder hatte mal einen Freund mit einem Nackenspoiler. (10)
- [ ] 153. Ich weiß auch nicht, wieso ich immer bei irgendwelchen üblen Typen lande. (8) (20)
- [ ] 154. Ich könnte niemals gegenüber einem Telefonmarketing-Typen unfreundlich sein, ganz egal, wie sehr er mir auf die Nerven geht. (2) (13)
- [x] 155. Clowns sind liebenswert und keinesfalls wahnsinnig oder gruselig. (4)
- [ ] 156. Manchmal kann ich ganz schön dominant sein und in der Regel bekomme ich auch, was ich will. (9) (13)
- [ ] 157. Ein Mann, der sich die Augen mit Cajal anmalt, jagt mir keine Angst ein. (4)

- [x] 158. Dieter Bohlen springt mit den Kandidaten von »Deutschland sucht den Superstar« sehr unsanft um, aber seine Ehrlichkeit finde ich gut. (5)
- [ ] 159. Andrew Lloyd Webber müsste eigentlich Andrew Lloyd Wunderbar heißen. (18)

Welcher Vogel ist genau Ihr Typ?

1 XX /2	2 XXXXX /5
3 XXX /3	4 XXX /3
5 XXXXX /5	6 XX /2
7 XXXXXX /6	8 XXX /3
9 XXXXXX /6	10

Für jede mit »ja« beantwortete Frage machen Sie einen Strich in das angegebene Kästchen. Am Schluss zählen Sie die Striche in den jeweiligen Kästchen zusammen und schon wissen Sie ganz genau, welches Männchen am besten zu Ihnen passt.

11	**12**
13	**14**
15	**16**
17	**18**
19	**20**

Auflösung:

1. Die Gemeine Straßentaube
2. Die Friedenstaube
3. Der Auerhahn
4. Der Flamingo
5. Der Eichelhäher
6. Der Kolibri
7. Der Adler
8. Der Geier
9. Der Wellensittich
10. Der Papagei
11. Der Dodo
12. Die Krähe
13. Das Hühnchen
14. Der Schwan
15. Der Pfau
16. Der Puter
17. Das Haushuhn
18. Die Nachtigall
19. Die Turteltaube
20. Die Nachteule

Danksagungen

Die Autorinnen möchten sich bei folgenden Personen bedanken:

Elizabeth Weed, unserer Agenteuse extraordinaire, die über unser Manuskript (immer an den richtigen Stellen) schallend lachte und uns jederzeit den Rücken freihielt.

Michelle Howry, unserer wunderbaren Lektorin, die unsere Forschungsarbeit auf ebenso einfallsreiche wie kluge Weise überarbeitete.

Scott Thigpen, unserem findigen Illustrator, der unsere »Männchen« mit solcher Begeisterung zum Leben erweckte.

Phyllis und Pat, unseren Müttern, die uns gelehrt haben, allen Geiern aus dem Weg zu gehen, sowie Jack und Jim, unseren Vätern, die zu gleichen Teilen Puter und Adler sind.

Unseren Freundinnen, deren Horrorgeschichten und Schreckenserfahrungen zur Entstehung dieses Werkes beitrugen und deren Solidarität aus schlechten Tagen gute Tage werden lässt.

Und schließlich auch all den Männern, in die wir uns unsterblich verliebten oder von denen wir uns unter Schmerzen trennten – danke, dass ihr dies alles möglich gemacht habt.